出口 汪

知っているようで知らない夏目漱石

講談社＋α新書

はじめに

漱石ほど不思議な作家はない。

『吾輩は猫である』『坊っちゃん』『こころ』など、日本人なら誰もが知っている作品で知られる国民的作家なのだが、いざ『吾輩は猫である』を全部読み通したかとなると、ほとんどの人がノーと言うのではないか。

『こころ』の一場面を高校時代に教科書で読んだ人でも、作品全部を読み通した人は少ないだろう。仮に読み通したとしても、なぜKは自殺したのか、なぜ先生は自殺したのか、それらを説明できる人はほとんどいないのである。

漱石文学は日本人の心の財産と言っていい。

それほど深くて、面白い。

しかも、同じ作品を何度読み返しても、そのたびにその人の成長に応じて必ず何かを返してくれる。高校生で読んだ時、大学生で読んだ時、社会人になって読んだ時、そして、ある程度円熟した時、私たちは読むたびに新しい漱石の発見に驚くに違いない。

それほど漱石は器が大きいのである。

せっかく日本に生まれながら、こんなに深くて、面白いものを読まずにいるほどもったいないことはない。


ところが、その一方、漱石ほど難解なものはないのである。

ただストーリーを追っても、漱石を読んだことにはならない。

『彼岸過迄』『行人』『こころ』『道草』と、たいていの人は漱石が仕掛けた謎にも気づかずに読み過ごしてしまうことになる。

せっかく漱石に出会いながら、その深さに気がつかず、その面白さを味わい尽くすことができないまま、漱石なんて退屈だと思い違いをしてしまうことになる。

こんなに残念なことはない。


そこで、一冊で漱石文学が分かる手引書が必要になる。

しかし、それは単に粗筋をまとめただけのカタログ的なものや、一般の読者が何の関心を抱くこともない専門家の詳細な解説では、漱石の面白さに触れ、漱石文学の謎を発見することにはならない。

本書は一冊で漱石文学の全貌が分かる手引書である。

手引書であっても、本書自体が一種の読み物として、読者を漱石の世界に引きずり込むような、面白いものにしようと工夫した。

そのために、漱石の作品のここがポイントだという箇所をなるべく多く引用した。漱石自身の文章のすごさにじかに触れて欲しいからである。

作品の中の謎を謎のまま取り出し、それが読者諸氏の心の中で増殖するように工夫した。答えはどこにもない。おそらく謎がさらに深い新たな謎を呼び起こすだろう。その面白さをどうか味わって欲しい。


第一章で、漱石文学の深さ、面白さに触れ、全体を俯瞰(ふかん)できるように、なるべく分かりやすく記述した。まずは漱石に関心を抱いて欲しいからである。

第二章では、漱石の代表作を選び、発表順に取り上げた。最初に「全体の粗筋」、次に「解説」、最後に特に鑑賞して欲しいポイントを詳細に紹介する、といった構成を取った。

本書を手引きに、実際の漱石の作品を読むと、おそらく何倍もの感動を得るに違いない。

日本の近代文学の世界には、文豪と呼ばれるレジェンドな作家たちがいるが、漱石だけは別格である。漱石が実際に執筆活動をしたのはたった十年ほどだが、その間に残した作品は日本だけでなく、世界でも類を見ないすごいものばかりである。

もし漱石に出会えなかったら、私の人生は今とは大きく異なっていたと確信している。器の大きな作家と対峙（たいじ）することで、絶えず自分の世界を広げることができたからである。

読者諸氏もぜひ漱石に出会えた幸せを嚙みしめて欲しい。本書が漱石文学を理解するための一助となれば幸いである。

出口　汪

二〇一七年九月

知っているようで知らない夏目漱石◉目次

第二章　漱石はこう読め！

第一章　漱石のここがすごい！

第一章では、まず漱石のどこが面白いのか、どんなところがすごいのかを、具体的に紹介していきましょう。

あなたもきっと漱石をすぐに読んでみたくなるはずです。あるいは、すでに読んだことのある人は、もう一度読み返してみたくなるはずです。

漱石は読めば読むほど深い面白さを堪能できます。もし、あなたが漱石を退屈に感じたならば、それは漱石の読み方を知らないからです。ぜひ本書によって、漱石の面白さを再発見してください。

激変する世の中で変わらないものがある

漱石ほど国民的作家として、長い年月にわたって数多くの人たちに読まれ続けてきた作家は他にいません。おそらく日本人で漱石の名前を聞いたことがない人はいないと思います。

では、どれほど漱石を読みこなしているのか、どれほどその作品を深く理解しているのかというと、おそらく心許(こころもと)ないのではないでしょうか。

高校の教科書で『こころ』の一場面を読んだか、せいぜい『坊っちゃん』を読んだくらいで、誰もが知っている『吾輩は猫である』を最後まで読み通した人も、『こころ』を全部読んだ人も、それほど多くはないように思えます。

くり返しますが、漱石の作品ほど面白くて、しかも、深いものはありません。まさに日本人の精神的支柱となる、宝物のような珠玉の作品を数多く残しているのに、それを読まずに死ぬのはもったいないとしか言いようがありません。

もしかすると、漱石はすでに過去の作家で、この現代では必要のない作家だと思われているのかも知れません。しかし、漱石の人間を見る視線は深く、それゆえ、たとえ明治末から大正時代を舞台にしていても、その作品は普遍性を持っているのです。

たとえば、生と死、愛と孤独、宗教と罪、家族の問題、エゴイズム、そして、狂気、とこれらのテーマが現代において古くさくなったとは到底思えません。しかも、漱石はそれらに見事な表現を与え、私たちの心を揺さぶります。

膨大な情報に日々流される現代において、いつまでも変わらない価値のあるものがどれほどあるでしょうか。私たちは様々な現代の問題を抱えて生きているのですが、漱石はそれらに対して、精神の奥深いところで答えを導いてくれます。ただし、私たちが作品の表面的な理解に留（とど）まるならば、漱石はそれなりの答えしか与えてくれません。漱石ほど私たちにとって厳しい教師はどこにもいないでしょう。だからこそ、漱石を読むということは、本当の教養を身につけることにつながるのです。

漱石との対話があなたの世界を深める

もし、私が無人島にたった一冊の本だけを持って暮らさなければならないなら、果たして何を選ぶだろうかと考えることがあります。漱石の作品を持っていくに違いありませんが、それが『行人』なのか、『こころ』なのか、『道草』なのか、悩むところです。たった一冊の本しか持てないのですから、無人島でその一冊の本を繰り返し繰り返し読むことになります。たとえ、どんなに面白いエンターテインメント小説でも、二、三度読み返せばすぐに飽きてしまうに違いありません。ところが、何度読んでも飽きないのが漱石の作品なのです。

おそらく私は無人島に行かなくても、生涯にわたって漱石を繰り返し読み続けるでしょう。なぜなら、私の精神的成長に応じて、漱石が問い返してくるものが異なるからなのです。

ただし、漱石と対話するためには、たった一つ条件があります。それは、今の価値観から離れて対話する、ということです。

私たちは何を読んでも、最後に自分の主観で再解釈しがちです。明治末から大正時代にかけて、当時の価値観が今の私たちとは当然異なります。

たとえば、この時代には姦通罪があり、不倫は社会的に抹殺される重大な罪悪でした。『それから』『門』など、漱石の主人公たちはそれを覚悟で、それでも愛を選択したのです。それゆえ、漱石はそこに人間のある種の真実を描き得たのであって、それを今の価値観や生活感覚で断罪してしまっては、作品への真の理解は到底得られません。

それだと、漱石を読むことが、単なる〝自分と自分との対話〟になってしまい、自分の世界を広めることも深めることもできないのです。いったん自分の主観を括弧に入れて、その作品世界をあるがままに読み取ることで、初めて〝自分と漱石との対話〟が可能になります。その結果、自分の世界が深まってくるのです。

では次に、漱石の面白さを作品を通して、具体的に見ていきましょう。

視点を変えれば世界が異なって見える

漱石の作品は、波瀾万丈の人生や美男美女の恋愛模様を描いたものでも、血湧き肉躍る冒険譚でもありません。それどころか、明治末から大正時代の現実そのものであり、そこに生きる生身の人間に重厚なタッチで一つ一つ適切な言葉を与えていきます。

漱石が描くのは生活であり、人生であり、社会であり、そこに生きる人間そのものです。ところが、一見平凡な日常であっても、漱石の筆にかかればたちまち恐ろしい世界に再構成されます。漱石の言葉は読み手の心に突き刺さり、その人の精神世界で新たなものに変換されるのです。

これほどの作家は世界でも類を見ないと言っても過言ではありません。

最初に紹介するのは、おそらく誰もが知っていると思われる『吾輩は猫である』の冒頭場面です。漱石文学はこの場面から始まったのです。

吾輩は猫である。名前はまだ無い。

どこで生れたかとんと見当がつかぬ。何でも薄暗いじめじめした所でニャーニャー泣いていた事だけは記憶している。吾輩はここで始めて人間というものを見た。しかもあとで聞くとそれは書生という人間中で一番獰悪(どうあく)な種族であったそうだ。この書生というのは時々我々を捕(つかま)えて煮て食うという話である。しかしその当時は何という考(かんがえ)もなかったから別段恐しいとも思わなかった。ただ彼の掌(てのひら)に載せられてスーと持ち上げられた時何だかフワフワした感じがあったばかりである。掌の上で少し落ちついて書生の顔を見たのがいわゆる人間というものの見始(みはじめ)であろう。この時妙なものだと思った感じが今でも残っている。第一毛をもって装飾されべきはずの顔がつるつるしてまるで薬缶(やかん)だ。その後猫にもだいぶ逢ったが

こんな片輪には一度も出会わした事がない。のみならず顔の真中があまりに突起している。そうしてその穴の中から時々ぷうぷうと煙を吹く。どうも咽せぽくて実に弱った。これが人間の飲む煙草というものである事はようやくこの頃知った。

『吾輩は猫である』

猫の視点を借りて、明治の知識人を揶揄した文章です。確かに猫から見れば、人間の顔は毛がなくてつるんとしていて、しかも、顔のど真ん中に鼻という突起物が付いています。煙草を吹かすと、その突起物からぷうぷうと煙を出すのですから、猫から見ると何ともおかしな生き物なのでしょう。

まだ名前もつけてもらっていない野良猫が「吾輩」と少し威張ったものの言い方をします。そうやって冒頭から「笑い」が仕掛けられているのですが、漱石の「笑い」は実は戦慄と表裏一体だったのです。確かヒッチコックだったたか、「真のユーモアは恐怖に似ている」という言葉がありますが、「猫」の笑いはそれに近いと言えるのです。

明治三六（一九〇三）年、漱石はロンドン留学を無事に終え、東京帝国大学と第一高等学校の講師を兼任します。晴れ晴れしい帰国のはずでしたが、実は漱石を待っていたのは深い憂鬱だったのです。

漱石の前任者はラフカディオ・ハーン（小泉八雲）で、彼の講義は学生に圧倒的な人気でした。漱石の就任はハーンを退職に追い込むことだったのです。当然、学生たちは漱石に反発します。洋行帰りの漱石に対して、かつての養父母、妻・鏡子の没落した父、漱石の兄姉が次々と金をせびりに来ます。そうした状況の中、漱石はロンドン留学時代に嵩じたノイローゼが再発するのです。

翌明治三七年に日露戦争が勃発し、日本中が興奮のるつぼと化したのですが、漱石はその戦争に批判的でした。漱石にとって、何もかもが気に入らないことであり、ノイローゼはひどくなるばかりでした。

そんな時に、高浜虚子が訪ねてきて、「文章でも書いて見たならば、少しは気が紛れるだろう」と言ったのです。漱石にとっては何もかもが笑い飛ばしてやりたいことばかりでした。そうやって、『吾輩は猫である』の第一回は、高浜虚子が主宰していた雑誌「ホトトギス」に掲載されたのです。

まさに『吾輩は猫である』は偶然の産物であり、漱石自身も当初は作家になろうとしていたわけではなかったのです。

『吾輩は猫である』は珍野苦沙弥先生の元に、美学者の迷亭、理学者の水島寒月、詩人志望の越智東風などが集まり、それぞれが文明を風刺し、茶化すという構造になっていて、彼らの議論を通して、上辺だけの近代化や、物質中心主義、拝金主義など、拙速に欧米を模倣しようとしている近代日本への批判が読み取れるのですが、猫の視点から見るとそれらがすべて滑稽に思えてくるのです。

まさに猫の視点を導入することで、すべてが相対化されていきます。

明治末期、士農工商という身分制度が崩れ、欲望をコントロールできなくなった人たちがひたすら富を求めて、持つものと持たないものとの格差が広がっていきます。そうやって、次第にお金が支配する世の中になったのですが、苦沙弥先生とその周囲に集まってきた人たちはお金や権力に敢然と立ち向かっていったわけではありません。自分たちがどのように批判してもどうにもならない現実があり、だからこそ、それらを知っている彼らは笑い飛ばすしかないのです。『吾輩は猫である』の笑いはどこか悲しみにも似ています。

心臓を貫く言葉の重さがすごい！

漱石文学がなぜすごいのか？

私が漱石に惹かれるもっとも大きな理由の一つは、言葉の重さです。漱石の深い思いが集約された言葉が作品の各所にちりばめられています。それらの言葉を取り出して、様々な角度から眺め直してください。

多忙な日常に紛れて自分の静かな時間を見失ってしまった時、人間関係に疲れ果て、ふと孤独な自分を見つめ直したい時、世の中の真実が分からなくなり、世界をもう一度再構築したくなった時、どんな時でも漱石の言葉はいつも静かにあなたが取り出すのを待ち続けています。

漱石の言葉を様々な場面で取り出してみてください。その時々で漱石の言葉はその場に応じた色に輝き、あなたにとって特別な言葉となって語りかけてくれるでしょう。

まずは漱石文学の最高峰の一つである『こころ』の言葉を取り出してみましょう。

『こころ』

「あなたは本当に真面目なんですか」と先生が念を押した。「私は過去の因果で、人を疑りつけている。だから実はあなたも疑っている。しかしどうもあなただけは疑りたくない。あなたは疑るにはあまりに単純すぎるようだ。私は死ぬ前にたった一人で好いから、他を信用して死にたいと思っている。あなたはそのたった一人になれますか。なってくれますか。あなたははらの底から真面目ですか」

若い時に信用して財産の管理を委ねていた叔父に裏切られ、人を信用できなくなった先生の言葉です。

「あなたは本当に真面目ですか？」

もし、もっとも尊敬している人物から、このように真正面から聞かれたなら、あなたはどう答えるでしょうか？

人を信じられなくなった先生が死ぬ前にたった一人でいいから、人を信用したいと願っているのです。「あなたはそのたった一人になれますか」と正面から問われた時、私なら自分の軽薄な心を見透かされたようで、思わず動揺してしまうかも知れません。

人と深く関わらなければならない時、私はいつも漱石の言葉を心の中で取り出してみて、自分に問いかけてみることにしています。

「あなたは本当に真面目ですか？」、と。

『こころ』は「上、先生と私」、「中、両親と私」、「下、先生と遺書」の三つの章から構成されていますが、次は「下、先生と遺書」の言葉です。

私は時々笑った。あなたは物足りなそうな顔をちょいちょい私に見せた。その極（きょく）あなたは私の過去を絵巻物のように、あなたの前に展開してくれと逼（せま）った。私はその時心のうちで、始めてあなたを尊敬した。あなたが無遠慮に私の腹の中から、或る生きたものを捕（つら）まえ

ようという決心を見せたからです。私の心臓を立ち割って、温かく流れる血潮を啜ろうとしたからです。その時私はまだ生きていた。死ぬのが厭であった。それで他日を約して、あなたの要求を斥けてしまった。私は今自分で自分の心臓を破って、その血をあなたの顔に浴びせかけようとしているのです。私の鼓動が停った時、あなたの胸に新しい命が宿る事ができるなら満足です。

『こころ』

『こころ』の先生は一通の「遺書」を「私」に残して自殺します。その「遺書」の言葉ですが、まさに先生は自分の心臓を破って、その血を「私」に浴びせかけようとするのです。それが「下、先生と遺書」なのです。

先生が残したものは、「言葉」です。そして、この時の「あなた」は主人公の「私」でもあり、『こころ』を読んでいるあなた自身でもあるのです。

先生の心臓が停止した時、次の時代を生きるあなた自身に新しい命が宿るだろうと、先生は遺書に綴っているのですが、そこに漱石の願いが込められているのです。『こころ』には漱石の祈りが充ち満ちています。

実際、この時期の漱石はひどい胃潰瘍のため、しばしば吐血しています。まさに血染めの原稿が『こころ』なのです。

私たちは新しい時代に生きる私たちに託した漱石の言葉を、どのような場面でどのような意味に変換して、受け取っていけばいいのでしょうか。

普通の人が突然悪人に変わるから人間は信用がならない

次も、『こころ』の先生が、「私」に投げかけた言葉です。


「君の兄弟は何人でしたかね」と先生が聞いた。

先生はその上に私の家族の人数（にんず）を聞いたり、親類の有無を尋ねたり、叔父や叔母の様子を問いなどした。そうして最後にこういった。

「みんな善い人ですか」

「別に悪い人間というほどのものもいないようです。大抵田舎者ですから」

「田舎者はなぜ悪くないんですか」

私はこの追窮（ついきゅう）に苦しんだ。しかし先生は私に返事を考えさせる余裕さえ与えなかった。

「田舎者は都会のものより、かえって悪いくらいなものです。それから、君は今、君の親戚なぞの中に、これといって、悪い人間はいないようだといいましたね。しかし悪い人間という一種の人間が世の中にあると君は思っているんですか。そんな鋳型に入れたような悪人は

世の中にあるはずがありませんよ。平生はみんな善人なんです。少なくともみんな普通の人間なんです。それが、いざという間際に、急に悪人に変るんだから恐ろしいのです。だから油断ができないんです」

『こころ』

リアルで、深く、重い言葉です。何気ない日常的な言葉の中に、実は深遠な人間的真実が込められているのが、漱石の作品なのです。

先生はかつて信頼していた叔父に財産を横領されるという過去を持っていました。だからこそ、「私」に対しても、財産問題に関して、家族構成や親戚の有無を問いただしたのです。

確かに人間に、善い人間と悪い人間とがいたなら、誰もが善い人間とだけ付き合えばいいので、そうすれば欺（だま）される人など誰もいないことになります。しかし、現実には私たちはよく欺されるし、また人を欺す人が後を絶ちません。

つまりは、みんな普通の人だったのです。普通の人が突然善い人にもなるし、悪い人にもなるのだから、人間は油断がならない。事実、先生は過去に突然悪い人になって、唯一の親友Kを裏切ることになりました。

そのことをもう一歩推し進めて考えると、人間というものの底知れない不気味さに思い当たることになります。人の心は移ろいやすく、また同時にこれほど摑（つか）みにくいものはないのではないでしょうか。

一瞬という変更できない時間

人間はいざという場面に立つと、どのような心の動きをするのか誰にも分かりません。自分自身の心だって摑みきれないのが、人間という存在なのです。そうした人間の不気味さを漱石はさっと取り出し、日常生活の描写の中に落とし込むのです。

私が進もうか止そうかと考えて、ともかくも翌日まで待とうと決心したのは土曜の晩でした。ところがその晩に、Kは自殺して死んでしまったのです。私は今でもその光景を思い出すと慄然とします。いつも東枕で寝る私が、その晩に限って、偶然西枕に床を敷いたのも、何かの因縁かも知れません。私は枕元から吹き込む寒い風でふと眼を覚ましたのです。見ると、いつも立て切ってあるKと私の室との仕切の襖が、この間の晩と同じくらい開いています。けれどもこの間のように、Kの黒い姿はそこには立っていません。私は暗示を受けた人のように、床の上に肱を突いて起き上がりながら、屹とKの室を覗きました。洋燈が暗く点っているのです。それで床も敷いてあるのです。しかし掛蒲団は跳返されたように裾の方に重なり合っているのです。そうしてK自身は向うむきに突ッ伏しているのです。

私はおいといって声を掛けました。しかし何の答えもありません。おいどうかしたのかと私はまたKを呼びました。それでもKの身体は些とも動きません。私はすぐ起き上って、敷居際まで行きました。そこから彼の室の様子を、暗い洋燈の光で見廻してみました。

その時私の受けた第一の感じは、Kから突然恋の自白を聞かされた時のそれとほぼ同じでした。私の眼は彼の室の中を一目見るや否や、あたかも硝子で作った義眼のように、動く能力を失いました。私は棒立ちに立ち竦みました。それが疾風のごとく私を通過したあとで、私はまたああ失策ったと思いました。もう取り返しが付かないという黒い光が、私の未来を貫いて、一瞬間に私の前に横たわる全生涯を物凄く照らしました。そうして私はがたがた顫え出したのです。

『こころ』

漱石は独特の時間の観念を持っています。時間は決して等間隔に流れているのではなく、一生を決定するかけがえのない一瞬というのがある、ところがその一瞬がどれかということはその時には気がつかないでいる、後になって振り返ると、初めてその一瞬があの時だったのだと気がつくが、その時は手遅れで、その時間を取りもどすことはできないというものです。

だから、私たちは一瞬一瞬をそれが人生を決める一瞬だと思って懸命に生きるしかないのですが、凡人にはそれはなかなか難しいようです。

『こころ』の先生は下宿屋のお嬢さんを慕っているKを出し抜いて、お嬢さんの母親にお嬢さんをくださいと訴えました。こうしてKが知らない間に先生とお嬢さんとの結婚が決まったのですが、やがてKはその事実を知ってしまいます。

先生は何度もKに土下座して謝罪しようと思ったのですが、結局その勇気を持てないままに「その日」が来てしまったのです。

先生とKは同じ下宿屋の二階に住んでいて、部屋は襖一枚隔てて隣同士です。

「私が進もうか止そうかと考えて、ともかくも翌日まで待とうと決心したのは土曜の晩でした」

この時、私がKにすべてを打ち明けて謝罪していたなら、Kもおそらく自殺しなかっただろうし、その後の先生とお嬢さんの人生もまた違ったものとなっていたかも知れません。

しかし、先生は決断を先延ばしにし、Kはその晩に自殺してしまったのです。

それにしても、この漱石の描写力はどうでしょう。二人は襖一枚隔ててそれぞれがお互いのことを考えています。

「私は枕元から吹き込む寒い風でふと眼を覚ましたのです。見ると、いつも立て切ってある

Kと私の室との仕切の襖が、この間の晩と同じくらい開いています」

この描写から、Kが自殺する前、二人を隔てている襖を開けて、横になっている先生をじっと見おろしていたと分かります。もし、この時、先生が目を覚ましてKに話しかけていたなら、Kは自殺することはなかったのかも知れません。

先生がKのことを考えているその時、襖一枚隔ててKが自殺していく。こんな孤独な場面は日本文学史上そうないのではないかと思います。

だから、漱石は深くて、面白いのです。


漱石は「告白」場面もすごい!


『それから』は、親友の妻を奪い取る話です。朝日新聞に連載されました。今なら、芸能人の不倫など、週刊誌やワイドショーで大騒ぎになるかも知れませんが、「不倫」＝「悪」と決めつけてしまっては、そこにある人間の深い真実に気づくことはできません。

姦通罪のある時代のことです。人の妻を奪うということは、社会的には一生抹殺されてしまうことを意味します。それでも愛を貫き通そうとするのですから、そこに人間の作った道徳や法律を超えた何かを漱石は描きたかったのかも知れません。だから、漱石はすごいのです。

長井代助（ながいだいすけ）は大学を出ても職に就かず、生活費の一切を父や兄に頼っている、いわゆる〝高等遊民（こうとうゆうみん）〟です。ある日、代助の元に平岡常次郎（ひらおかつねじろう）と三千代（みちよ）の夫婦が上京してきます。代助が学生の頃、菅沼（すがぬま）という学友がいて、三千代はその妹なのです。菅沼の家に遊びに行くと、平岡もよく遊びに来ていて、菅沼、三千代、平岡、代助と、その四人は次第に親密になっていきます。

ところが、菅沼が突然病気で死んでしまい、その結果、四人のバランスが崩れ去ってしまうのです。その年の秋、平岡と三千代は結婚するのですが、それを取り持ったのが代助でした。

実は代助はその頃から三千代のことを愛していたのですが、平岡に頼まれ、義侠心から平岡と三千代を結婚させようとしたのです。その後、平岡は地方の銀行に転勤になったのですが、借金のトラブルに巻き込まれたあげく辞職に追い込まれ、東京に逃げ帰ったのです。三千代は子供を産んだのですが、その子供もすぐに死んでしまい、二人の夫婦仲はすっかり冷え切っていました。

代助は黙って三千代の様子を窺った。三千代は始めから、眼を伏せていた。代助にはその長い睫毛（まつげ）の顫（ふる）える様が能（よ）く見えた。

「僕の存在には貴方が必要だ。どうしても必要だ。僕はそれだけの事を貴方に話したい為にわざわざ貴方を呼んだのです」

代助の言葉には、普通の愛人の用いる様な甘い文彩(あや)を含んでいなかった。彼の調子はその言葉と共に簡単で素朴であった。寧(むし)ろ厳粛の域に逼(せま)っていた。但(ただ)、それだけの事を語る為に、急用として、わざわざ三千代を呼んだ所が、玩具(おもちゃ)の詩歌に類していた。けれども、三千代は固(もと)より、こう云う意味での俗を離れた急用を理解し得る女であった。その上世間の小説に出て来る青春時代の修辞には、多くの興味を持っていなかった。代助の言葉が、三千代の官能に華やかな何物をも与えなかったのは、事実であった。三千代がそれに渇いていなかったのも事実であった。代助の言葉は官能を通り越して、すぐ三千代の心に達した。三千代は顫える睫毛の間から、涙を頬の上に流した。

「僕はそれを貴方に承知して貰いたいのです。承知して下さい」

三千代は猶(なお)泣いた。代助に返事をするどころではなかった。袂(たもと)から手帛(ハンケチ)を出して顔へ当てた。濃い眉の一部分と、額と生際(はえぎわ)だけが代助の眼に残った。代助は椅子を三千代の方へ摺(す)り寄せた。

「承知して下さるでしょう」と耳の傍(はた)で云った。三千代は、まだ顔を蔽(おお)っていた。しゃくり上げながら、

「余(あんま)りだわ」と云う声が手帛の中で聞えた。それが代助の聴覚を電流の如くに冒した。代助は自分の告白が遅過ぎたと云う事を切に自覚した。打ち明けるならば三千代が平岡へ嫁ぐ前に打ち明けなければならない筈(はず)であった。彼は涙と涙の間をぼつぼつ綴る三千代のこの一語を聞くに堪えなかった。

「僕は三四年前に、貴方にそう打ち明けなければならなかったのです」と云って、憮然として口を閉じた。三千代は急に手帛から顔を離した。瞼(まぶた)の赤くなった眼を突然代助の上に睜(みは)って、

「打ち明けて下さらなくっても可(い)いから、何故」と云い掛けて、一寸(ちょっと)躊躇(ちゅうちょ)したが、思い切って、「何故棄ててしまったんです」と云うや否や、又手帛(ハンケチ)を顔に当てて又泣いた。

「僕が悪い。勘忍して下さい」

代助は三千代の手頸(てくび)を執って、手帛を顔から離そうとした。三千代は逆おうともしなかった。手帛は膝の上に落ちた。三千代はその膝の上を見たまま、微(かす)かな声で、

「残酷だわ」と云った。小さい口元の肉が顫う様に動いた。

「残酷と云われても仕方がありません。その代り僕はそれだけの罰を受けています」

三千代は不思議な眼をして顔を上げたが、

「どうして」と聞いた。

三千代が代助に「何故棄ててしまったんです」と訴えたことから、実は代助の学生時代から、三千代は密かに代助を愛していたと分かります。愛していた人から友達と結婚してくれと頼まれたなら、絶望してそれを承諾するしかありません。三千代はその時、代助に棄てられたと絶望したのです。

それなのに、代助が突然告白したのですから、三千代は「残酷だわ」と呟いたのです。あの時、代助が義侠心などを起こさずに、素直に告白していたなら、平岡も三千代も、そして代助自身もこれほどの苦しみを受けることはなかったのですから。

ここでも漱石独特の時間の観念に貫かれています。まさに人生を決定する一瞬があるのだが、その時はそれに気がつかない、後になって振り返るとあの時なのかと気がつくのですが、その時はもうどうにもならないということです。

世界が変わる一瞬

結局、代助は平岡にすべてを告白し、その上で三千代を自分にくれと頼みます。それに対して、平岡は「僕の毀損された名誉が、回復出来る様な手段が、世の中にあり得ると、君は思っているのか」と答えます。平岡にとっては三千代への愛よりも、自分の名誉のほうが大切なのです。


代助は暑い中を馳(か)けないばかりに、急ぎ足に歩いた。日は代助の頭の上から真直に射下(いおろ)した。乾いた埃(ほこり)が、火の粉の様に彼の素足を包んだ。彼はじりじりと焦(こげ)る心持がした。

「焦る焦る」と歩きながら口の内で云った。

飯田橋へ来て電車に乗った。電車は真直に走り出した。代助は車のなかで、

「ああ動く。世の中が動く」と傍の人に聞える様に云った。彼の頭は電車の速力を以て回転し出した。回転するに従って火の様に焙(ほて)って来た。これで半日乗り続けたら焼き尽す事が出来るだろうと思った。

忽(たちま)ち赤い郵便筒(ゆうびんづつ)が眼に付いた。するとその赤い色が忽ち代助の頭の中に飛び込んで、くるくると回転し始めた。傘屋の看板に、赤い蝙蝠傘(こうもりがさ)を四つ重ねて高く釣るしてあった。傘の色が、又代助の頭に飛び込んで、くるくると渦を捲(ま)いた。四つ角に、大きい真赤な風船玉を売ってるものがあった。電車が急に角を曲るとき、風船玉は追懸(おっかけ)て来て、代助の頭に飛び付いた。小包郵便を載せた赤い車がはっと電車と摺れ違うとき、又代助の頭の中に吸い込まれた。烟草屋(たばこや)の暖簾(のれん)が赤かった。売出しの旗も赤かった。電柱が赤かった。赤ペンキの看板が

それから、それへと続いた。仕舞には世の中が真赤になった。そうして、代助の頭を中心としてくるりくるりと燄(ほのお)の息を吹いて回転した。代助は自分の頭が焼け尽きるまで電車に乗って行(ゆ)こうと決心した。

『それから』

『吾輩は猫である』『坊っちゃん』では善悪という道徳が作品世界を支配していましたが、ここに至っては人間の作った道徳や法律よりも、それを犯してでも愛を貫こうとする男女に、漱石は優しい視線を向けます。それがなぜ人の心を打つのかというと、漱石は「自然」という言葉を用いています。代助は「自然」に逆らったから、罰せられたのであり、今、再び「自然」に戻ろうとしているのです。社会的正義を振りかざす人間よりも、たとえ道徳を犯そうとも人間の精神の深いところに関わろうとする人間に漱石は寄り添っていきます。

しかし、そこには社会的制約が待ち構えています。平岡は結局三千代を彼女の病気を理由に代助と引き離し、代助の父親に事の真相を手紙で知らせます。激怒した父親と兄は代助と絶縁し、経済的援助も止められてしまいます。

代助は生まれて初めて仕事を探そうと家を飛び出したのですが、その時の描写がこの赤い炎の描写なのです。「火の様に、熱くて赤い旋風」の中に回転し続けるのは代助の「頭」であって、やがて世界全体が真っ赤になっていきます。もちろん現実に世界が焼けるのではなくて、これはあくまでも代助の主観的な世界であり、息もつけないほどの精神的苦痛を比喩的に表現したものに他なりません。

すべてが赤く埋め尽くされた世界。代助の目を通すと、世界のすべてが真っ赤に燃え上がったというのです。片時も三千代を忘れることができない。しかし、その三千代は今平岡の傍らで死んでいこうとしているのかも知れない。

代助の胸は激しく恋い焦がれます。その時の狂気にも似た世界を漱石は描いてみたのですが、この時、代助が「世の中が動く」とひとり言を言ったことにも注目してください。今までの代助は高等遊民で、社会と積極的に関わろうとしなかったのですが、これからは社会と否応なく対峙していかなければならなくなります。

まさに代助の世界が変わったのです。

日常に潜む不穏な緊張感

『それから』に続いて朝日新聞に連載されたのが『門』で、『それから』のその後ともいうべき作品です。主人公は野中宗助（のなかそうすけ）と御米（およね）の夫婦で、冒頭から平凡な日常生活の様子が淡々と描写されています。しかし、淡々とした中に、突然、恐ろしい言葉が顔を出すのが漱石の文学の特徴です。

易者は大道に店を出して、往来の人の身の上を一二銭で占なう人と、少しも違った様子もなく、算木(さんぎ)をいろいろに並べて見たり、筮竹(ぜいちく)を揉(も)んだり数えたりした後で、仔細らしく腮(あご)の下の髯(ひげ)を握って何か考えたが、終りに御米の顔をつくづく眺めた末、「あなたには子供はできません」と落ちつき払って宣告した。御米は無言のまま、しばらく易者の言葉を頭の中で嚙んだり砕いたりした。それから顔を上げて、「なぜでしょう」と聞き返した。その時御米は易者が返事をする前に、また考えるだろうと思った。ところが彼はまともに御米の眼の間を見詰めたまま、すぐ「あなたは人に対してすまない事をした覚(おぼえ)がある。その罪が祟(たた)っているから、子供はけっして育たない」と云い切った。御米はこの一言(いちげん)に心臓を射抜かれる思があった。くしゃりと首を折ったなり家へ帰って、その夜は夫の顔さえろくろく見上げなかった。

『門』

そして、次のような表現があります。

「宗助と御米の一生を暗く彩(いろ)どった関係は、二人の影を薄くして、幽霊のような思をどこか

に抱かしめた。彼らは自己の心のある部分に、人に見えない結核性の恐ろしいものが潜んでいるのを、仄かに自覚しながら、わざと知らぬ顔に互と向き合って年を過した」

二人は世間から隠れるようにして、ひっそりと暮らしているのですが、その一見平穏な日々には「結核性の恐ろしいもの」が潜んでいて、いつそれが顔を出して、二人の生活をむちゃくちゃにするのか分かりません。

なぜなら、二人は過去に大きな罪を犯していました。御米は三度子供ができましたが、最初の子供は五ヵ月で流産し、二番目は月足らずの未熟児で、一週間後に死亡しました。三度目は死産でした。それも自分たちが犯した罪のせいだと怯えます。そんな御米にとって「あなたは人に対してすまない事をした覚がある。その罪が祟っているから、子供はけっして育たない」と言った易者の言葉は心臓を射貫かれるほど恐ろしかったのです。

すべてが生死をかけた戦いであった

彼らは人並以上に睦まじい月日を渝らずに今日から明日へと繋いで行きながら、常はそこに気がつかずに顔を見合わせているようなものの、時々自分達の睦まじがる心を、自分で確と認める事があった。その場合には必ず今まで睦まじく過ごした長の歳月を溯のぼって、自

分達がいかな犠牲を払って、結婚をあえてしたかと云う当時を憶い出さない訳には行かなかった。彼らは自然が彼らの前にもたらした恐るべき復讐の下に戦きながら跪ずいた。同時にこの復讐を受けるために得た互の幸福に対して、愛の神に一弁の香を焚く事を忘れなかった。彼らは鞭たれつつ死に赴くものであった。ただその鞭の先に、すべてを癒やす甘い蜜の着いている事を覚ったのである。

『門』

この短い文章の中には二人の人生が凝縮されています。そして、〝罪と罰〟という深い主題が隠されているのです。

宗助は大学時代の友人であった安井の妻の御米を奪って逃げたのです。そういった意味では、『門』はまさに『それから』のその後と言える主題を持っています。

「自分達がいかな犠牲を払って、結婚をあえてしたか」とあり、そのために「彼らは自然が彼らの前にもたらした恐るべき復讐の下に戦きながら跪ずいた」のです。

この罪と罰という主題は、作品の底流に密かに流れ、主人公たちを徐々に追い詰めていきます。

事は冬の下から春が頭を擡(もた)げる時分に始まって、散り尽した桜の花が若葉に色を易(か)える頃に終った。すべてが生死(しょうし)の戦(たたかい)であった。青竹を炙(あぶ)って油を絞(しぼ)るほどの苦しみであった。大風は突然不用意の二人を吹き倒したのである。二人が起き上がった時はどこもかしこもすでに砂だらけであったのである。彼らは砂だらけになった自分達を認めた。けれどもいつ吹き倒されたかを知らなかった。

『門』

短い文章ですが、二人の人生に何が起きたかを象徴的に表現しています。まさにそれは「生死の戦」だったのです。そして、「青竹を炙って油を絞るほどの苦しみ」でした。

突然の大風に吹き倒された二人は、起き上がった時は砂だらけだったと、漱石は描写します。この数行で、宗助と御米が世間から身を隠すように、ひっそりと二人で暮らしていた事情が読み取れます。その平穏な日常が「恐ろしい結核性」のものを孕(はら)んで、二人に過度な緊張を強(し)いていたことも理解できます。

世間は容赦なく彼らに徳義上の罪を背負(しょわ)した。しかし彼ら自身は徳義上の良心に責められる前に、いったん茫然(ぼうぜん)として、彼らの頭が確(たしか)であるかを疑った。彼らは彼らの眼に、不徳義な男女として恥ずべく映る前に、すでに不合理な男女として、不可思議に映ったのである。そこに言訳らしい言訳が何にもなかった。だからそこに云うに忍びない苦痛があった。彼らは残酷な運命が気紛に罪もない二人の不意を打って、面白半分穽の中に突き落したのを無念に思った。

曝露の日がまともに彼らの眉間を射たとき、彼らはすでに徳義的に痙攣の苦痛を乗り切っていた。彼らは蒼白い額を素直に前に出して、そこに燄に似た烙印を受けた。そうして無形の鎖で繋がれたまま、手を携えてどこまでも、いっしょに歩調を共にしなければならない事を見出した。彼らは親を棄てた。親類を棄てた。友達を棄てた。大きく云えば一般の社会を棄てた。もしくはそれらから棄てられた。学校からは無論棄てられた。ただ表向だけはこちらから退学した事になって、形式の上に人間らしい迹を留めた。

これが宗助と御米の過去であった。

『門』

漱石の鋭い目は二人の人生を俯瞰します。まさに天の眼を持って、一つ一つの出来事に的確な言葉を与えていきます。この描写力一つとっても、漱石はすごい、です。

周囲の人たちから二人は「不合理な男女として、不可思議に映った」のです。二人からしても、「そこに言訳らしい言訳が何にもなかった」のです。

こうした描写は「愛」というものの本質を突いているように思えます。なぜ、友人の妻を愛してしまったのか、なぜ、家族や友人、社会のすべてを敵にしてまで奪わなければならなかったのか、二人はいくら問い詰められても答えることはできません。しかし、それは二人にとって「生死の戦」だったのです。まさに理屈では説明できないものこそが「愛」ではないでしょうか。

そして、気がつくと、二人はあらゆるものから棄てられていたのです。

漱石にとっての宗教と罪

宗助は崖上の大家である坂井と次第に親しくなるのですが、ある時、その坂井から思いがけないことを聞いて、愕然とします。

安井は宗助に妻を奪われた後、一人で満州に渡っていきます。坂井の弟も満州、蒙古を渡り歩く冒険家で、偶然安井と知り合い、昨年の暮れ、すでに安井を伴い帰郷していると言います。

宗助は安井と同席する羽目に陥るかも知れないと、それを聞いた時に胸中に恐ろしい不安が沸き起こってくるのです。

宗助は平穏な生活がひょんなことから突然崩れ去ることに怯えていたのですが、このことを御米に打ち明けることはできませんでした。現実を動かすことができない以上、それを受け止める自分の心を作るしかありません。そこで、宗助は参禅を決意します。

> 自分は門を開けて貰いに来た。けれども門番は扉の向側にいて、敲いてもついに顔さえ出してくれなかった。ただ、
> 「敲いても駄目だ。独りで開けて入れ」と云う声が聞えただけであった。彼はどうしたらこの門の閂を開ける事ができるかを考えた。そうしてその手段と方法を明らかに頭の中で拵えた。けれどもそれを実地に開ける力は、少しも養成する事ができなかった。したがって自分の立っている場所は、この問題を考えない昔と毫も異なるところがなかった。彼は依然として無能無力に鎖ざされた扉の前に取り残された。彼は平生自分の分別を便に生きて来た。その分別が今は彼に祟ったのを口惜く思った。そうして始から取捨も商量も容れない愚なものの一徹一図を羨んだ。もしくは信念に篤い善男善女の、知慧も忘れ思議も浮ばぬ精進の程度を崇高と仰いだ。彼自身は長く門外に佇立むべき運命をもって生れて来たものらしかった。それは是非もなかった。けれども、どうせ通れない門なら、わざわざそこまで辿

りつくのが矛盾であった。彼は後を顧みた。そうしてとうていまた元の路へ引き返す勇気を有たなかった。彼は前を眺めた。前には堅固な扉がいつまでも展望を遮ぎっていた。彼は門を通る人ではなかった。また門を通らないで済む人でもなかった。要するに、彼は門の下に立ち竦んで、日の暮れるのを待つべき不幸な人であった。

『門』

ところが、理性的である宗助にはどうしても宗教の門に入ることができません。かといって、宗教に救いを求めてきたのですから、その門から立ち去ることもできないのです。「要するに、彼は門の下に立ち竦んで、日の暮れるのを待つべき不幸な人であった」

ここに作者漱石の苦悩が投影されているような気がします。徹底的に理性的な漱石は「信じるものは救われる」といったように、何も考えずに信仰の道に入ることは到底できないのです。しかし、漱石が抱えた苦悩は宗教以外に救う道がないことも知っていたのでしょう。『門』の世界はそれほどに救いようのない苦悩を描いているのです。

通り過ぎるだけの、人と人との関係

様々な愛の形を見事に描いたのが漱石で、その中でも『行人』は傑出した作品だということができます。

「行人」とは通り過ぎるだけの人、あるいは、旅人と言ってもいいでしょう。どれほど愛し合っても、人と人との関係は「行人」であって、相手の気持ちを本当に知ることなど誰にもできないといった、漱石独特の人間観が作品の底辺に流れているのだから、これほど淋しい作品はないでしょう。

自分が偶然あの女を見出だしたのは全くこの一瞬間にあった。あの女というのは三沢があの女あの女と呼ぶから自分もそう呼ぶのである。

あの女はその時廊下の薄暗い腰掛の隅に丸くなって横顔だけを見せていた。その傍には洗髪を櫛巻にした背の高い中年の女が立っていた。自分の一瞥はまずその女の後姿の上に落ちた。そうして何だかそこにぐずぐずしていた。するとその年増が向うへ動き出した。あの女はその年増の影から現われたのである。その時あの女は忍耐の像のように丸くなってじっとしていた。けれども血色にも表情にも苦悶の迹はほとんど見えなかった。自分は最初その横顔を見た時、これが病人の顔だろうかと疑った。ただ胸が腹に着くほど背中を曲げているところに、恐ろしい何物かが潜んでいるように思われて、それがはなはだ不快であった。自分は階段を上りつつ、「あの女」の忍耐と、美しい容貌の下に包んでいる病苦とを想像した。

『行人』

まず『行人』の一人目の話が紹介されます。

本作の語り手である長野二郎(ながのじろう)は、友人の三沢と会う約束をして、大阪に来たのですが、肝心の三沢は胃腸を悪くして入院していたのです。その病院で「あの女」に惹かれたのですが、実は三沢はその女と入院する前に偶然会って、いっしょに酒を飲んだことがあったのです。

> 大阪へ着くとそのまま、友達といっしょに飲みに行ったどこかの茶屋で、三沢は「あの女」に会ったのである。
>
> 三沢はその時すでに暑さのために胃に変調を感じていた。彼を強いた五六人の友達は、久しぶりだからという口実のもとに、彼を酔わせる事を御馳走のように振舞った。三沢も宿命に従う柔順な人として、いくらでも盃(さかずき)を重ねた。それでも胸の下の所には絶えず不安な自覚があった。ある時は変な顔をして苦しそうに生唾(なまつば)を呑み込んだ。ちょうど彼の前に坐っていた「あの女」は、大阪言葉で彼に薬をやろうかと聞いた。彼はジェムか何かを五六粒手の平へ載せて口のなかへ投げ込んだ。すると入物を受取った女も同じように白い掌の上に小さ

な粒を並べて口へ入れた。

三沢は先刻から女の倦怠そうな立居に気をつけていたので、御前もどこか悪いのかと聞いた。女は淋しそうな笑いを見せて、暑いせいか食慾がちっとも進まないので困っていると答えた。ことにこの一週間は御飯が厭で、ただ氷ばかり呑んでいる、それも今呑んだかと思うと、すぐまた食べたくなるんで、どうもしようがないと云った。

三沢は女に、それはおおかた胃が悪いのだろうから、どこかへ行って専門の大家にでも見せたら好かろうと真面目な忠告をした。女も他に聞くと胃病に違ないというから、好い医者に見せたいのだけれども家業が家業だからと後は云い渋っていた。彼はその時女から始めてここの病院と院長の名前を聞いた。

「僕もそう云う所へちょっと入ってみようかな。どうも少し変だ」

三沢は冗談とも本気ともつかない調子でこんな事を云って、女から縁喜でもないように眉を寄せられた。

「それじゃまあたんと飲んでから後の事にしよう」と三沢は彼の前にある盃をぐっと干して、それを女の前に突き出した。女はおとなしく酌をした。

「君も飲むさ。飯は食えなくっても、酒なら飲めるだろう」

彼は女を前に引きつけてむやみに盃をやった。女も素直にそれを受けた。しかししまいには堪忍してくれと云い出した。それでもじっと坐ったまま席を立たなかった。

「酒を呑んで胃病の虫を殺せば、飯なんかすぐ喰える。呑まなくっちゃ駄目だ」

三沢は自暴(やけ)に酔ったあげく、乱暴な言葉まで使って女に酒を強いた。それでいて、己れの胃の中には、今にも爆発しそうな苦しい塊が、うねりを打っていた。


『行人』


三沢はなぜ強引に女に酒を飲ませたのでしょうか？

「あの女」は胃を患っていたのですが、三沢に酒を飲まされた後胃病が悪化し、結局入院することになります。三沢も軽症ですが、「あの女」が入院しているのでないかという期待もあって、同じ病院に入院します。ここにも人と人との淡い出会いがあったのです。


自分は三沢の話をここまで聞いて慄(ぞっ)とした。何の必要があって、彼は己の肉体をそう残酷に取扱ったのだろう。己れは自業自得としても、「あの女」の弱い身体(からだ)をなんでそう無益(むやく)に苦めたものだろう。

「知らないんだ。向(むこう)は僕の身体を知らないし、僕はまたあの女の身体を知らないんだ。周囲(まわり)にいるものはまた我々二人の身体を知らないんだ。そればかりじゃない、僕もあの女も

自分で自分の身体が分らなかったんだ。その上僕は自分の胃の腑が忌々(いまいま)しくってたまらなかった。それで酒の力で一つ圧倒してやろうと試みたのだ。あの女もことによると、そうかも知れない」
三沢はこう云って暗然としていた。

『行人』

自分の身体なのに、その身体の中がどのような状態なのか分からない、相手の身体がどのような状態かも分からない、そんな恐怖が漱石の中には絶えずあったのかも知れません。もしかすると、自分の身体の中に取り返しが付かない異変が起こっているかも知れないのです。そうとも知らずに、私たちは何事もなかったように日常生活をおくっているわけで、考えてみれば、これほど恐ろしいことはありません。

自分が制御できないもの、得体の知れない恐ろしいものとして、漱石は「身体」を描き出したのです。そして、その身体に闘いを挑み、敗れていく姿を描き出していきます。

実際、漱石は生涯胃病に悩まされたのですが、そういった体験を作品の中で見事結晶化させる文章力。やはり、漱石はすごい!

「あの女」は売れっ子の芸者として、たとえどこか身体が悪くても決して休む様子もなく、着飾ってお座敷に出るようにしていました。おそらく売られた同然の身分でしたが、売り上げに貢献できるうちは大切に扱われていたようです。ところが、回復の見込みがないようなひどい胃病を患い、病室でもしばしば血を吐いていたようなので、さぞかし心細いだろうと三沢は思ったのです。

三沢は自分のせいで「あの女」の胃病がこれほどまでに悪化したわけですから、「あの女」のことが気になって仕方がありません。しかし、これだけはどうすることもできず、「あの女」を残して退院すると、もう二度と会うこともないかも知れません。

まさに「あの女」は三沢にとって、「行人」だったのです。留まることなく、目の前を通り過ぎていくだけの人なのです。

彼は先刻(さっき)から「あの女」の事を考えているらしかった。彼は今でも「あの女」の事を考えているとしか思われなかった。

「あの女は君を覚えていたかい」

「覚えているさ。この間会って、僕から無理に酒を呑まされたばかりだもの」

「恨んでいたろう」

今まで横を向いてそっぽへ口を利いていた三沢は、この時急に顔を向け直してきっと正面から自分を見た。その変化に気のついた自分はすぐ真面目な顔をした。けれども彼があの女の室(へや)に入った時、二人の間にどんな談話が交換されたかについて、彼はついに何事をも語らなかった。
「あの女はことによると死ぬかも知れない。死ねばもう会う機会はない。万一癒(なお)るとしても、やっぱり会う機会はなかろう。妙なものだね。人間の離合というと大袈裟だが。それに僕から見れば実際離合の感があるんだからな。あの女は今夜僕の東京へ帰る事を知って、笑いながら御機嫌ようと云った。僕はその淋しい笑を、今夜何だか汽車の中で夢に見そうだ」

『行人』

三沢は退院が決まった日、「あの女」に別れのあいさつをします。「あの女」はおそらく助からないだろうし、そうでなくとも二度と会う機会などないのです。「御機嫌よう」と言った女の淋しい笑いを三沢は夢に見そうだと言うのですが、実は人生とはそういった繰り返しではないでしょうか。

この時期、漱石は死を凝視しながら執筆しています。その視点で人生を見つめ直した時、「行人」＝通り過ぎるだけの人、といった捉え方を否応なくしたのではないでしょうか。

漱石が『行人』という作品に、なぜこのようなエピソードを挿入したのか、実は長い間私にとっては謎だったのです。

人は人と出会い、何らかの交流をした後に、再び別れていきます。私たちは自分の身体の中も相手の身体の中も分からないまま触れ合っています。三沢も「あの女」の身体の状態が分かれば、あの時あれほど酒を飲ませることはなかっただろうし、「あの女」も無理に酒をあおるほど飲むことはなかったはずです。

自分の身体ですら分からないまま私たちは生きているのですから、ましてや自分の心も相手の心ももっと分からないはずです。分からないまま、人と出会い、ある時は人生を共にし、そして、最後まで分からないまま別れていきます。たとえ、結婚して、最後まで離婚をしなくても、死という別れを避けることはできません。

まさに人と人とは「行人」ではないでしょうか。

私も様々な人生経験を積んで、いまようやく「行人」の深い意味がほんの少しは理解できたような気がするのです。

そして、三沢はもう一つ、「行人」の話を二郎に語ります。

淋しくて精神に異常をきたした娘の話

今から五六年前彼（三沢／編集部注）の父がある知人の娘を同じくある知人の家に嫁らした事があった。不幸にもその娘さんはある纏綿した事情のために、一年経つか経たないうちに、夫の家を出る事になった。けれどもそこにもまた複雑な事情があって、すぐわが家に引取られて行く訳に行かなかった。それで三沢の父が仲人という義理合から当分この娘さんを預かる事になった。――三沢はいったん嫁いで出て来た女を娘さん娘さんと云った。

「その娘さんは余り心配したためだろう、少し精神に異状を呈していた。それは宅へ来る前か、あるいは来てからかよく分らないが、とにかく宅のものが気がついたのは来てから少し経ってからだ。固より精神に異状を呈しているには相違なかろうが、ちょっと見たって少しも分らない。ただ黙って欝ぎ込んでいるだけなんだから。ところがその娘さんが……」

三沢はここまで来て少し躊躇した。

「その娘さんがおかしな話をするようだけれども、僕が外出するときっと玄関まで送って出る。いくら隠れて出ようとしてもきっと送って出る。そうして必ず、早く帰って来てちょうだいねと云う。僕がええ早く帰りますからおとなしくして待っていらっしゃいと返事をすれば合点合点をする。もし黙っていると、早く帰って来てちょうだいね、ね、と何度でも繰返す。僕は宅のものに対してきまりが悪くってしようがなかった。けれどもまたこの娘さんが不憫でたまらなかった。だから外出してもなるべく早く帰るように心がけていた。帰るとその人の傍へ行って、立ったままただいまと一言必ず云う事にしていた」

三沢はそこへ来てまた時計を見た。

「まだ時間はあるね」と云った。

『行人』

精神に異常をきたした娘さんが、三沢が外出するたびに、「早く帰って来てちょうだいね」と何度も繰り返すのです。その娘さんは嫁ぎ先で精神に異常をきたし、離縁されたのですが、それほど娘さんは淋しくて淋しくてたまらなかったのでしょう。しかし、娘さんの心を誰も理解しようとしなかったのです。

娘さんは家族の一員として受け入れられたに違いないのですが、彼女にとって嫁ぎ先の家族はやはり「行人」だったのです。

「宅(うち)のものがその娘さんの精神に異状があるという事を明かに認め出してからはまだよかったが、知らないうちは今云った通り僕もその娘さんの露骨なのにずいぶん弱らせられた。父や母は苦い顔をする。台所のものはないしょでくすくす笑う。僕は仕方がないから、その娘さんが僕を送って玄関まで来た時、烈(はげ)しく怒りつけてやろうかと思って、二三度後(うしろ)を振り返って見たが、顔を合せるや否や、怒るどころか、邪慳(じゃけん)な言葉などは可哀そうでとても口から出せなくなってしまった。その娘さんは蒼(あお)い色の美人だった。そうして黒い眉毛と黒い大きな眸(ひとみ)をもっていた。その黒い眸は始終遠くの方の夢を眺(なが)めているように恍惚(うっとり)と潤って、そこに何だか便(たより)のなさそうな憐(あわれ)を漂よわせていた。僕が怒ろうと思ってふり向くと、その娘さんは玄関に膝を突いたなりあたかも自分の孤独を訴えるように、その黒い眸を僕に向けた。僕はそのたびに娘さんから、こうして活きていてもたった一人で淋(さむ)しくってたまらないから、どうぞ助けて下さいと袖に縋(すが)られるように感じた。——その眼がだよ。その黒い大きな眸が僕にそう訴えるのだよ」

『行人』

娘さんがどれほど淋しい思いをしていたのか、誰も彼女の心を摑もうとはしませんでした。精神に異常をきたすほど深い孤独を胸のうちに抱えて生きてきたのです。だからこそ、三沢に対して、「孤独を訴える」ように、縋り付くように、黒い眸で訴えかけ続けたのです。「どうぞ助けて下さい」と訴えかけられたと、三沢は感じ取っています。

人と人との関わり合いの中で、表面的なそれで満足できる人は逆に幸せかも知れません。しかし、人と深く交わろうとする時、私たちはどうしても互いに分かり合えないという己の孤独と真正面から向き合わなくてはいけなくなります。

漱石はそうした人間の根源的な孤独を言葉で掬い上げようとするのです。

「僕は病気でも何でも構わないから、その娘さんに思われたいのだ。少くとも僕の方ではそう解釈していたいのだ」と三沢は自分を見つめて云った。彼の顔面の筋肉はむしろ緊張していた。「ところが事実はどうもそうでないらしい。その娘さんの片づいた先の旦那というのが放蕩家なのか交際家なのか知らないが、何でも新婚早々たびたび家を空けたり、夜遅く帰ったりして、その娘さんの心をさんざん苛めぬいたらしい。けれどもその娘さんは一口も夫に対して自分の苦みを言わずに我慢していたのだね。その時の事が頭に祟っているから、離婚になった後でも旦那に云いたかった事を病気のせいで僕に云ったのだそうだ。――けれども僕はそう信じたくない。強いてもそうでないと信じていたい」

「それほど君はその娘さんが気に入ってたのか」と自分はまた三沢に聞いた。

「気に入るようになったのさ。病気が悪くなればなるほど」
「それから。――その娘さんは」
「死んだ。病院へ入って」
自分は黙然とした。

『行人』

三沢はその娘さんの孤独を次第に引き受けたいと思うようになったのでしょう。しかし、娘さんは病院に入れられ、誰にも理解されることなく、孤独な魂を抱え込んだままひとりぼっちで死んでいったのです。

パオロとフランチェスカの恋愛

「行人」として最後に登場するのが、二郎の兄である一郎です。この一郎は強烈な個性の持ち主、特異な世界観を持った人物として造形されています。私自身は一郎に漱石自身が投影されているように思えるのですが。

一郎は学者であり、頭脳明晰ですが、生真面目すぎて頑固で、何事も自分の脳髄を使ってぎりぎりまで考え抜くタイプです。その対極にあるのが、二郎とその父で、実利的であり、世渡り上手ですが、一郎に言わせると「軽薄な人間」ということになります。

一郎には直という妻がいます。お互い相思相愛で表面的には何の問題も起こってはいません。ところが、一郎は直の自分への愛情が本当かどうか分からず、それゆえ、死ぬほど苦しみ抜きます。たとえ妻であっても人の心が摑みにくいことを知っている一郎は、直の魂を摑み取りたいと狂おしく思うのです。

女の容貌や肉体に満足している人間ならば、これほど苦しむことはありません。実際直と夫婦生活を営んでいるし、直が浮気をしているという事実はありません。それでも不安で仕方がないのは、直のスピリット（魂）を摑んでいないからだと、一郎は思ったのです。


「兄さんに対して僕がこんな事をいうとはなはだ失礼かも知れませんがね。他の心なんて、いくら学問をしたって、研究をしたって、解りっこないだろうと僕は思うんです。兄さんは僕よりも偉い学者だから固よりそこに気がついていらっしゃるでしょうけれども、いくら親しい親子だって兄弟だって、心と心はただ通じているような気持がするだけで、実際向うとこっちとは身体が離れている通り心も離れているんだからしようがないじゃありませんか」

「他の心は外から研究はできる。けれどもその心になって見る事はできない。そのくらいの事ならおれだって心得ているつもりだ」

兄は吐き出すように、また懶そうにこう云った。自分はすぐその後に跟いた。
「それを超越するのが宗教なんじゃありますまいか。僕なんぞは馬鹿だから仕方がないが、兄さんは何でもよく考える性質だから……」
「考えるだけで誰が宗教心に近づける。宗教は考えるものじゃない、信じるものだ」
兄はさも忌々しそうにこう云い放った。そうしておいて、「ああおれはどうしても信じられない。どうしても信じられない。ただ考えて、考えて、考えるだけだ。二郎、どうかおれを信じられるようにしてくれ」と云った。

『行人』

一郎は二郎に向かって、「直は御前に惚れてるんじゃないか」と言い、妻の貞操を試してくれと頼みます。

結局、直の貞操は分からずじまいで、二郎はそれをさほど深刻なものと受け取らず、しばらくはほったらかしにしておいたのですが、二郎のそうした言動がやがて一郎の激怒を招きます。ついにいたたまれなくなった二郎は家を出る決意をし、一郎に別れの挨拶を言いに部屋に入ったところ、一郎から思わぬ話を聞かされます。

兄が突然「お前パオロとフランチェスカの恋を知ってるだろう」と聞いた。自分は聞いたような、聞かないような気がするので、すぐとは返事もできなかった。

兄の説明によると、パオロと云うのはフランチェスカの夫の弟で、その二人が夫の眼を忍んで、互に慕い合った結果、とうとう夫に見つかって殺されるという悲しい物語りで、ダンテの神曲の中とかに書いてあるそうであった。自分はその憐(あわ)れな物語に対する同情よりも、こんな話をことさらにする兄の心持について、一種厭な疑念を挟(さしは)さんだ。兄は臭い煙草の煙の間から、始終自分の顔を見つめつつ、十三世紀だか十四世紀だか解らない遠い昔の以太利(イタリー)の物語をした。自分はその間やっとの事で、不愉快の念を抑えていた。ところが物語が一応済むと、彼は急に思いも寄らない質問を自分に掛けた。

「二郎、なぜ肝心な夫の名を世間が忘れてパオロとフランチェスカだけ覚えているのか。その訳を知ってるか」


『行人』


二郎はこの話を聞いて愕然とします。それどころか一郎の精神状態さえ疑ったのです。

今、一郎は弟の二郎と妻との関係を疑っているのですが、パオロはフランチェスカの夫の弟、まさに一郎と二郎の関係と同じです。そして、パオロとフランチェスカは兄の目を盗んで愛し合い、それを知った兄が二人を殺してしまうのです。

おそらく兄はこの後自分と妻との関係を追及するだろうと、二郎が「厭な疑念」を持ったのも、無理からぬことでした。

世間は不倫を働いたパオロとフランチェスカの名前だけを覚えていて、被害者であるパオロの兄の名前は覚えていないのです。一郎は二郎にその訳が分かるかと問いかけたのです。

「おれはこう解釈する。人間の作った夫婦という関係よりも、自然が醸(かも)した恋愛の方が、実際神聖だから、それで時を経(ふ)るに従がって、狭い社会の作った窮屈な道徳を脱ぎ棄(す)てて、大きな自然の法則を嘆美する声だけが、我々の耳を刺戟(しげき)するように残るのではなかろうか。もっともその当時はみんな道徳に加勢する。二人のような関係を不義だと云って咎(とが)める。しかしそれはその事情の起った瞬間を治めるための道義に駆られた云わば通り雨のようなもので、あとへ残るのはどうしても青天と白日、すなわちパオロとフランチェスカさ。どうだそうは思わんかね」

『行人』

一郎の論理はこうです。

自然が醸し出すものと、人間が作り出した道徳とを対比させ、最後には自然が醸し出したものが賛美されるというのです。

さしずめ恋愛は自然の感情であり、道徳は人間の作ったものです。

人を好きになるというのは自然の行為に他ならず、それ自体は善でも悪でもありません。たまたま愛してしまった人が兄の妻であったということで、人はいつ誰を好きになるか分からないのです。

フランチェスカがパオロを愛してしまったということは自然の感情であり、その結果、フランチェスカが夫を愛せなくなってしまったということも自然の感情で、本来どうしようもないことなのです。

ところが、世間はそれを不義だと責め立てます。なぜなら、二人は道徳を犯してしまったからなのです。道徳とは社会全体を円滑にするために便宜的に人間が作ったもので、人びとは当然その時は道徳に加勢するものです。なぜなら、不義を認めたなら、家族制度が崩壊する可能性があるのですから。

たとえば、ワイドショーなどで芸能人の不義を暴き立てる時も、「不倫」＝「悪」と決めつけ、そこに何の疑いの余地も挟み込もうとしないのですが、私にはそうした態度自体が思考停止状態のように思えます。

フランチェスカがパオロを愛してしまったということは、夫を愛していないということです。それが自然の感情なのに、愛していない夫と生涯愛している振りをして暮らせと言うのでしょうか。それなのに道徳は人に自然に反した行為を強制させようとするのです。『それから』の代助のように、まさに自然に反したから、自然に罰せられたのだという結末を迎える可能性だってあるのです。

夫は夫で、パオロとフランチェスカを不義だと決めつけ、二人を殺してしまったのですが、それは妻を自分の所有物だと決め込んでしまっているからです。「俺の女だ」「俺のものだ」「俺の女に手を出すな」と、よくこうしたセリフを耳にすることがありますが、相手を自分のものだと決めつけた時、その人の心が離れてしまったとしても、きっと気がつかないことでしょう。

フランチェスカの夫にとって、妻は自己の所有物だから、不義を働いた理由で殺すことができたのです。そして、世間はその時は夫に加勢し、二人を不義だと責め立てます。

ところが、時が経つにつれ、たとえ殺されようとも愛を貫いた二人の在り方がきらきらと輝き始め、パオロとフランチェスカを賛美する声が永遠となったのです。二人は愛という自然の感情に従ったのですから、道徳を盾に二人を責め立てたフランチェスカの夫よりも賛美の声が大きくなるのは、ある意味では当然と言えるかも知れません。

そして、一郎は結婚という制度では人の心を縛れないことを知っているから、逆に愛する妻の魂を摑みたいと、狂おしいまでに願ったのです。

自分は年輩から云っても性格から云っても、平生なら兄の説に手を挙げて賛成するはずであった。けれどもこの場合、彼がなぜわざわざパオロとフランチェスカを問題にするのか、またなぜ彼ら二人が永久に残る理由（いわれ）を、物々しく解説するのか、その主意が分らなかったので、自然の興味は全く不快と不安の念に打ち消されてしまった。自分は奥歯に物の挟まったような兄の説明を聞いて、必竟（ひっきょう）それがどうしたのだという気を起した。

「二郎、だから道徳に加勢するものは一時の勝利者には違ないが、永久の敗北者だ。自然に従うものは、一時の敗北者だけれども永久の勝利者だ……」

自分は何とも云わなかった。

「ところがおれは一時の勝利者にさえなれない。永久には無論敗北者だ」

自分はそれでも返事をしなかった。

「相撲（すもう）の手を習っても、実際力のないものは駄目だろう。そんな形式に拘泥（こうでい）しないでも、実力さえたしかに持っていればその方がきっと勝つ。勝つのは当り前さ。四十八手は人間の小刀細工だ。膂力（りょりょく）は自然の賜物（たまもの）だ。……」

兄はこういう風に、影を踏んでいるような哲学をしきりに論じた。そうして彼の前に坐っている自分を、気味の悪い霧で、一面に鎖してしまった。自分にはこの朦朧たるものを払い退けるのが、太い麻縄を嚙み切るよりも苦しかった。
「二郎、お前は現在も未来も永久に、勝利者として存在しようとするつもりだろう」と彼は最後に云った。

『行人』

結局、二郎は兄の気持ちが理解できず、それほど自分と嫂との関係を疑うのなら、いっそのことはっきり言ったらいいと思ったのです。一郎と二郎はこの時、まったく異なる次元の異なる世界に生きていると言えるでしょう。

そして、一郎は「おれは一時の勝利者にさえなれない。永久には無論敗北者だ」と、まさに吐血の言葉を吐きます。

フランチェスカの夫は二人を不義と責め立て、一時は世間もそれを後押しするのですから、「一時の勝利者」です。パオロとフランチェスカは兄に殺され、「一時の敗北者」となるのですが、自然の感情に従って永遠に名前が残ったのですから、「永久の勝利者」だと言えます。

それに対して、一郎はどうでしょうか？

たとえ二郎と彼の妻が不義の関係にあったとしても、それを咎めることができないのですから、「一時の勝利者」にさえなれません。もちろん、もし妻の心が自分以外の人にあったとしたなら、「永久の敗北者」に他なりません。

そこに一郎の苦しみがあったのです。そして、「二郎、お前は現在も未来も永久に、勝利者として存在しようとするつもりだろう」と言うのです。

『吾輩は猫である』『坊っちゃん』では、人間を善と悪とにはっきり分け、正義感の強い主人公が敢然と悪に立ち向かうという明確な構図がありました。ところが、『それから』以後の漱石は人間への捉え方が大きく変わります。人間とは善とか悪のように単純に割り切れるものではないんだとして、人の心をもっと奥深いところで摑まえようとしていきます。

常識や道徳に囚われず、もっと奥深いところで人間を捉え、自分の頭脳でぎりぎりまで考えて、その世界を的確な言葉で言語化する、やはり、漱石はとにかくすごい！　のです。

第二章　漱石はこう読め！

1 『吾輩(わがはい)は猫(ねこ)である』

◎ストーリー

生まれてすぐに棄てられた一匹の猫が、餌を求めて珍野(ちんの)家にたどりつきます。中学校の英語教師である苦沙弥(くしゃみ)先生によって家に置いてもらえることになるのですが、結局最後まで名前をつけてはもらえませんでした。

名前さえつけてもらえない猫ですが、自分のことを「吾輩」と呼び、苦沙弥先生を始めとする珍野家の家族やそこに集まる明治の知識人たちを観察し始めます。

苦沙弥先生は胃弱の大食漢で、俳句、絵、ヴァイオリンなど何でも手を出しますが、どれもものになりません。その苦沙弥先生のまわりに集まってくるのが、美学者の迷亭(めいてい)、理学者の寒月(かんげつ)、哲学者の八木独仙(やぎどくせん)、詩人の東風(とうふう)などで、彼らはとりとめのない会話をするのですが、それを猫は「太平の逸民(いつみん)」と呼んでいました。彼ら明治の知識人が文明批評をするのを、猫の視点を借りて皮肉ることによって相対化しているのです。

物語は金田鼻子が登場することで、初めて動き出します。金田鼻子は資産家ですが、俗物的で、寒月を勝手に娘富子の婚約者にしようと、珍野家に偵察に来たのです。しかし、寒月が博士になったら娘をやろうとする鼻子の高慢な態度に苦沙弥先生たちは激怒します。そのために、鼻子は様々な嫌がらせをするのですが、それでも苦沙弥先生は降参しません。結局、寒月は故郷で結婚し、富子は苦沙弥先生の教え子で、実業家の多々良三平と婚約することに決まります。苦沙弥先生は彼らを祝福しますが、どこかもの悲しい雰囲気が漂います。

寒月と三平の内祝いをした後、それぞれが家路につき、苦沙弥先生はいつものように書斎にこもります。猫は飲み残しのビールを飲んで酔っ払い、水甕に落ちてしまいます。脱出しようと何度も試みましたが、爪も立たず、飛び上がって抜け出すこともできません。結局、猫は脱出を諦め、すべてを自然に任せることにして、往生していきます。

猫は最後まで名前をつけてはもらえませんでした。

◎この作品の面白さは？

「吾輩は猫である。名前はまだ無い」で始まるこの作品は、明治三八（一九〇五）年、高浜虚子が主宰する雑誌「ホトトギス」に掲載され、全部で一一章から成り立っています。『吾輩は猫である』は漱石の処女作で、一般にはユーモア小説と言われているのですが、こうした作品の捉え方は逆に私たちの理解を遠ざけてきたように思えます。漱石の「笑い」はまさに苦しみの中から生まれたものであり、ユーモア小説といった捉え方では作品の底流に流れる悲しみを読み落としてしまう恐れがあります。

またこの時期の漱石は『吾輩は猫である』を完成した小説として執筆するつもりも、将来作家になるつもりもなく、そういった意味では処女作『吾輩は猫である』は偶然の産物とも言えるのです。そこで、作品の成り立ちについて少し触れておくことが、漱石理解のために必要なことと思われます。

明治三六（一九〇三）年一月、漱石はロンドン留学を終えて帰国し、東京帝国大学と第一高等学校の講師を兼任します。漱石にとってロンドン留学は苦痛以外の何物でもなく、漱石自身帰国後、『文学論』の中で、ロンドン留学を「尤も不愉快の二年なり」と述べ、さらに「官命なるが故に行きたる者は、自己の意思を以て行きたるにあらず。自己の意志を以てすれば、余は生涯英国の地に一歩も吾足を踏み入るゝ事なかるべし」とまで書き綴っているのです。特に漱石は西洋風のトイレと風呂に閉口したようですが、単に生活面だけのことではなく、日本人としての根底のところで西洋とは相容れないものを凝視しようとしていました。無理にそれを呑み込もうとすれば、吐き気がするのです。

当時日本では漱石が精神障害になったという噂が広がりました。そこで文部省は漱石を強制的に帰国させようとしたのですが、漱石はその指令を拒絶し、帰国を延ばして、明治三五年一二月に一定の成果を得て帰国の途につきます。

洋行帰りの漱石を待っていたのは、不愉快な出来事ばかりでした。漱石は東京帝国大学に赴任したのですが、前任者はラフカディオ・ハーン（小泉八雲）で、彼の講義は学生たちに圧倒的な人気がありました。漱石の就任は結果としてラフカディオ・ハーンを退職に追い込むことになります。そのため、当初学生たちが漱石に対して反発したのです。

また洋行帰りの漱石を金づるのように思い込んで、かつての養父母、妻・鏡子の父、漱石の兄姉が次々と金をせびりに来るのです。鏡子も三女を身ごもったのですが、ひどいつわりのためにヒステリックになります。漱石は『文学論』のノートを作り始めたのですが、ロンドンで嵩じたノイローゼがついに再発します。

明治三七（一九〇四）年、日露戦争勃発。日本中が興奮のるつぼの中、漱石は戦争自体にも、それに熱狂する国民にも批判的でした。

そうした状況の中、高浜虚子が訪ねてきて、「文章でも書いて見たならば、少しは気が紛れるだろう」と提案したのです。

初めの頃、長編の構想があったわけではなく、『吾輩は猫である』はまさに偶然の産物だったのです。漱石にはイライラすること、笑いのめしたいことが次から次へと浮かんできました。

そこで高浜虚子の勧めで大幅に推敲した上で、虚子が選者を務める俳句雑誌「ホトトギス」に明治三八年一月より掲載しました。この作品は大反響を呼んだのですが、漱石が長編小説を意識しはじめたのは第三章くらいからだろうと言われています。

こうした成り立ちを考えた時、『吾輩は猫である』は単なるユーモア小説ではなく、漱石の血を吐くような苦しみから誕生した作品と言えるでしょう。

◎ここがポイント①

苦沙弥先生の周囲に集まってくる知識人たちを猫の視点から観察するのがこの作品のキモですが、その結果、すべてを相対化することが可能になり、そこから良質な笑いが生じます。

たとえば、主人公はどこで生まれたのかも分からない、捨て猫の「吾輩」ですが、珍野家でも特にかわいがられた様子はなく、名前もつけてもらえません。そうした猫が自分のことを少し威張った「吾輩」という呼び方をし、珍野家に集まって議論をしている知識人たちを「人間とは不思議な生き物だ」と批判的に観察します。人間たちが金銭欲や名誉欲に駆られて奔走しているさまも、猫から見ればすべては滑稽になります。

たとえば、猫が初めて主人の苦沙弥先生を紹介する場面です。

吾輩の主人は滅多に吾輩と顔を合せる事がない。職業は教師だそうだ。学校から帰ると終日書斎に這入(はい)ったぎりほとんど出て来る事がない。家のものは大変な勉強家だと思っている。当人も勉強家であるかのごとく見せている。しかし実際はうちのものがいうような勤勉家ではない。吾輩は時々忍び足に彼の書斎を覗いて見るが、彼はよく昼寝をしている事がある。時々読みかけてある本の上に涎(よだれ)をたらしている。彼は胃弱で皮膚の色が淡黄色を帯びて弾力のない不活潑な徴候をあらわしている。その癖に大飯を食う。大飯を食った後でタカジヤスターゼを飲む。飲んだ後で書物をひろげる。二三ページ読むと眠くなる。涎を本の上へ垂らす。これが彼の毎夜繰り返す日課である。吾輩は猫ながら時々考える事がある。教師というものは実に楽なものだ。人間と生れたら教師となるに限る。こんなに寝ていて勤まるものなら猫にでも出来ぬ事はないと。それでも主人に云わせると教師ほどつらいものはない

そうで彼は友達が来る度に何とかかんとか不平を鳴らしている。

『吾輩は猫である』

苦沙弥先生は「教師ほどつらいものはない」と普段から嘆いているのに対して、猫はそんな先生を観察しながら、「教師というものは実に楽なものだ。人間と生れたら教師となるに限る。こんなに寝ていて勤まるものなら猫にでも出来ぬ事はない」とこきおろしていることから、笑いが生じてきます。人間はすべて自分の主観で世界を捉えているのですが、猫の視点を借りることですべてを相対化しているのです。

◎ここがポイント②

明治時代の末期、士農工商という身分制度が崩壊し、近代日本がひたすら物質中心主義に邁進した結果、持てる者と持たざる者との差が次第に拡大し、お金が世の中を支配する時代へと変わっていきました。

そうした急激な変化の中、苦沙弥先生とその周囲に集まって来た風変わりな人たちは、お金や権力に立ち向かっていくのです。

そのお金や権力の象徴として登場するのが金田鼻子なのです。鼻子にとって自分たちの権力に屈しない苦沙弥先生は鼻持ちならないので、様々な嫌がらせをします。ところが、苦沙弥先生はそれにどう対抗していいのか分からず、ただ癇癪を起こすだけです。しかも、苦沙弥先生には鼻子の背後にある大きなものが見えていないので、ただ笑い飛ばすだけで、何一つ物事は解決しないのです。

結局、猫は最後まで名前をつけてはもらえず、宴会の後の飲み残しのビールを飲んで酔っ払い、水甕に落ちて死んでしまいます。水甕に爪を引っかけたり、飛び上がったりして、何とか脱出しようと藻掻くのですが、最後は藻掻くのを止めて自然の力に任せようと死んでいくのです。私にはそうした猫と藻掻き苦しむ漱石が重なって見えるのですが、『吾輩は猫である』の基調はやはりユーモアというよりも、もの悲しさではないでしょうか。

2 『坊ぼっちゃん』

◎ストーリー

江戸っ子の坊っちゃんは親譲りの無鉄砲（向こうみず）な性格で、そのために子供の頃から損ばかりしていました。

純粋で正義感が強く、竹を割ったような性格の坊っちゃんは「女のような性分で、ずるい」兄とは相容れません。奉公人の清だけが「あなたは真っ直でよいご気性だ」と、坊っちゃんに無償の愛を注ぎます。

両親が死んだ後、兄は家を処分して坊っちゃんに六百円を渡し、九州の会社に赴任していきます。坊っちゃんはその金で物理学校に学び、卒業後に数学の教師として四国の中学校に赴任するのです。

汽船で四国に到着した坊っちゃんは、野蛮なところへ来たものだと思います。学校で各教員の挨拶を受けるのですが、坊っちゃんはそれぞれにあだ名をつけます。校長は狸、「女のような優しい声を出す」文学士の教頭は赤シャツ、坊っちゃんと同じ数学の教師は山嵐、芸人風の画学の教師は野だいこ、顔色の悪い英語教師はうらなりといった具合にです。

生徒たちが坊っちゃんを私生活まで監視したり、宿直の日に布団にバッタを入れるなど、様々な悪さをするのですが、彼らをつかまえてもシラを切るだけです。

ある日、坊っちゃんを釣りに誘った赤シャツと野だいこが、山嵐が生徒を煽ったかのように暗示して、坊っちゃんと山嵐との仲を裂こうとします。しかし、やがて、坊っちゃんは教頭がうらなり（古賀）の許嫁（マドンナ）を奪ったうえに、彼を九州に追い払おうとしていることを知ります。

さらには、戦争の祝勝日に、坊っちゃんと山嵐は、中学と師範学校の生徒との喧嘩を止めようとして、巻き込まれてしまうのですが、それも赤シャツの策略だと分かって、二人して赤シャツに鉄槌を加えようと考えます。

辞表を出した山嵐は坊っちゃんと二人で温泉宿の角屋の前の枡屋の二階で張り込みをします。八日目、角屋に芸者が二人入り、その後に赤シャツと野だいこが入っていくのを見て、二人が出てくるのを待ちます。そして、二人の後をつけて、ついに田圃道で赤シャツと野だいこに鉄拳制裁を加えるのです、

東京に戻った坊っちゃんは街鉄（東京市街鉄道）の技手となって、清といっしょに暮らし

ます。

◎この作品の面白さは？

勧善懲悪という言葉があります。登場人物が善と悪に明確に分かれていて、最後に善が悪を懲らしめるというパターンです。たとえば、テレビドラマ「水戸黄門」の世界で、水戸黄門はあくまで正義の味方であって、彼が出来心で盗みを働くということは絶対にありません。また水戸黄門が悪に負けるということもあり得ないのです。

そういった意味では、『坊っちゃん』は『吾輩は猫である』と同様、善と悪が明確に分かれているという点では勧善懲悪に近い世界であることは間違いありません。『坊っちゃん』は明治三九（一九〇六）年、『吾輩は猫である』の翌年に雑誌「ホトトギス」に発表されました。

坊っちゃんや山嵐は善で、赤シャツや野だいこは悪、そして、最後に坊っちゃんと山嵐が悪である赤シャツと野だいこをぽかぽかと殴って懲らしめます。『坊っちゃん』の人気の秘密はこの分かりやすさ、爽快さにあるのです。

しかも、『吾輩は猫である』のような曖昧模糊とした世界ではなく、ストーリーも含めてすべてが明快であり、それを支えているのが歯切れが良く、たたみ掛けるような調子の文体です。

ところが、『吾輩は猫である』も『坊っちゃん』もやはり勧善懲悪にはなりきれていません。坊っちゃんと山嵐は赤シャツらを殴ってみたものの、坊っちゃんも山嵐もこの地を去ることになるし、赤シャツと野だいこは今まで通り学校で権力を振るうことになるでしょう。結局、何も変わることはないのです。その点では『吾輩は猫である』の苦沙弥先生と事情は同じです。

そこに、何とも言えないもの悲しさが漂っています。


官費でのイギリス留学から帰ってきた漱石は、英語の教師として近代の潮流に立ち向かっていかなければなりませんでした。ところが、日本の伝統文化と西洋から入ってくる異質な文化とはある意味で相容れないものでした。無理に呑み込もうとしても、漱石の体質が受け付けません。

慶応三（一八六七）年に誕生した漱石の人生は、まさに日本の近代の歩みそのものでした。いかに生産力を拡大するのか、そのために西洋から技術を習得し、合理化、機械化をするのか、そうやって一部の特権階級は多くの富を蓄財したのですが、貧富の差が拡大し、日本の文化や自然環境が破壊されていきます。肥大化した欲望、精神の荒廃、道徳観の欠如と、まさにその延長線上にあるのが、近代化が行き詰まった今日の現状なのです。漱石にとっては日露戦争に浮かれる明治末のありようは、何もかもが癇癪を起こしたいことばかりでした。だが、漱石がどれほど苦悩しようとも、現実は厳然として、動かしがたいのです。

そこで、漱石の精神がひび割れます。

漱石はノイローゼになり、癇癪持ちになり、胃病を患います。そうしたはけ口として、『吾輩は猫である』が誕生したのですが、『坊っちゃん』はその延長線上にありながら、現状を批判するだけの苦沙弥先生やその周辺の知識人とは異なり、直情型であり、すぐに行動に移します。そこに爽快感があるのですが、やはり坊っちゃんは現状を変えることはできず、赤シャツを代表とした俗物的な権力者が世の中を支配し続けることになるのです。

その後、漱石は日本の現実に立ち向かうのではなく、人間の内面に深く入り込もうとします。明確な勧善懲悪の構図を持った作品は、『吾輩は猫である』『坊っちゃん』と、『坊っちゃん』の翌年に発表された『虞美人草（ぐびじんそう）』くらいで、漱石の作風は大きく転換するのです。

◎ここがポイント

『坊っちゃん』の面白さは歯切れのいい、たたみ掛けるような文体にあります。読んでいて爽快であり、最後まで一息に読んでしまいたくなるほどです。そして、その文体は坊っちゃんの「おれ」という視点で描写されているので、坊っちゃんの性格にそのまま起因するものです。

「親譲りの無鉄砲で小供の時から損ばかりしている」で始まるこの作品は、まさに坊っちゃんが「親譲りの無鉄砲」な性格のため、親の死後まで損をしている物語です。さらに坊っちゃんは無鉄砲なだけでなく、正直で正義感が強く、純粋な性格です。ただしその美点を理解しているのは清だけでした。

坊っちゃんがたまたま物理学校の前で、生徒募集の広告を見てすぐ入学手続きをしたのも、卒業後、四国の中学校教員の就職口があったので、これを引き受けたために清を残して田舎に行く羽目になったのも、すべて「今考えるとこれも親譲りの無鉄砲から起った失策だ」とあるように、熟慮して決めたことではなかったのです。

初登校の日、校長が教育の高尚な精神について長談義をすると、坊っちゃんは「飛んだ所へ来た」と思い、「到底あなたのおっしゃる通りにゃ、出来ません、この辞令は返します」と言うと、校長は狸のような眼をぱちぱちとします。

こんな性格ですから、猫の額のような狭い世界で今の秩序にしがみついている教師や生徒たちとうまくやっていけるはずがありません。生徒たちは坊っちゃんが今度はどんなことをするだろうかと、絶えず好奇の目を光らせています。

「何だか生徒全体がおれ一人を探偵しているように思われた」のも無理ありません。

生徒たちの悪戯に閉口している時、坊っちゃんは次のように思います。

「宿直をして鼻垂れ小僧にからかわれて、手のつけようがなくって、仕方がないから泣き寝入りにしたと思われちゃ一生の名折れだ。これでも元は旗本だ。旗本の元は清和源氏で、多田の満仲の後裔だ。こんな土百姓とは生まれからして違うんだ。ただ智慧のないところが惜しいだけだ。どうしていいか分らないのが困るだけだ。困ったって負けるものか。正直だから、どうしていいか分らないんだ。世の中に正直が勝たないで、外に勝つものがあるか、考えてみろ」

もちろん坊っちゃん＝漱石ではありません。しかし、この坊っちゃんのセリフに、この時期の漱石の価値観や世の中に対する思いが凝縮されているように思えます。坊っちゃんは何よりも「正直」を人生で最も大切なものとしているのです。

ところが、弱肉強食で俗物ばかりが大きな顔をする世の中では、正直に生きる人間に勝ち目はありません。勝つためには智恵が必要ですが、残念なことに坊っちゃんはそういった抜け目なさといった小賢しい智恵は持ち合わせていないのです。それでも坊っちゃんはずるい人間ばかりが得をする世の中に真っ向から立ち向かっていきます。勝ち目がないと知りながら、負けるものかと歯を食いしばって戦うのです。

そういった竹を割ったような坊っちゃんの性格が、歯切れのいい、たたみ掛けるような文体となって、それが『坊っちゃん』の読後の爽快感につながっているのではないでしょうか。

3 『草枕(くさまくら)』

◎ストーリー

主人公は画家で、「非人情」の境地に遊ぶことを夢見て、熊本県の那古井(なこい)温泉を訪れることから物語は始まります。

画家は山道を登りながら、ひばりの鳴き声や菜の花の美しさに心惹かれ、自然の中で一時浮世の苦しみを忘れることができました。自然は人間の感情とは無関係に美しく輝いています。画家がそうした「非人情」の境地に思いを巡らせているうちに、春の雨がしとしと降ってきます。

峠に着いた画家はそこで婆さんから、那古井の温泉宿の美しいお嬢さんで、那美(なみ)という女性の話を聞きます。那美は二人の男に求婚されたのですが、結局は親が本人の望まない方に取り決めたのです。そのため旦那の家族と折り合いが悪く、旦那の勤めている銀行が潰れたこともあって、那古井に帰ってきているのです。那美はその自由奔放な生き方のため、村人から変人扱いをされています。

画家は次第に那美に惹かれていきます。しかし、那美を「非人情」にふさわしい対象として、距離を置いて眺めていたのです。

村には長良の乙女伝説があります。二人の男から同時に求愛され、どちらをも選ぶことが出来ず、美しい長良の乙女は自ら川に身を投げたのです。

画家が、鏡が池で思いを巡らせていると、昨日、那美が画家に「私が身を投げて浮いているところを——苦しんで浮いてるところじゃないんです——奇麗な画にかいて下さい」と言ったのを思い出します。長良の乙女と那美を重ねた画家は、那美の顔がその絵によく似合うと思いつつも、何か物足りなさを感じます。那美の表情には「憐れ」が欠けているからです。

ある日、日露戦争に出征する那美の従弟を、画家はいっしょに停車場まで見送りに行ったのですが、その時、那美の別れた夫も同じ汽車に乗り込んでいました。汽車の戸が閉まって、二人はそれぞれの世界に分けられていきます。

もう二度と生きて会えないかも知れない。

那美は呆然と立ち尽くし、その瞬間、那美の顔に「憐れ」が浮かび上がるのを、画家は見逃しませんでした。

その時、画家の胸中で、絵は完成したのです。

◎この作品の面白さは?

「山路を登りながら、こう考えた。

智に働けば角が立つ。情に棹させば流される。意地を通せば窮屈だ。とかくに人の世は住みにくい」

という有名な一節で始まる『草枕』は実験的な小説として知られています。

『草枕』は明治三九(一九〇六)年に発表された作品ですが、同年島崎藤村の自然主義の代表作である『破戒』が刊行されたことに注意が必要です。

西洋から輸入した近代文学は「自我」の文学で、人間のエゴや愛憎、罪や葛藤、狂気など、漱石の言葉を借りれば「人情」が主題となることが多かったのですが、当時、文学的主流となった「自然主義」は人間の醜い部分をこれでもかと曝け出していきます。

そうした風潮に対して、漱石は人情を離れた東洋的な境地、つまり「非人情」の世界を描こうとします。

『吾輩は猫である』『坊っちゃん』と、主人公たちはお金や権力を振りかざす俗物たちにそれぞれの闘いを挑んだのですが、この時期の漱石は特に創作欲が旺盛で、そうした俗世間から離れた小説を敢えて実験的に描こうとしたのでしょうか。

そのためか、『草枕』の文体は、『坊っちゃん』のような歯切れの良さがすっかりと影を潜め、装飾の多い、美文調になっています。現代の文体と比較して、厚化粧の文体ゆえに、逆に古めかしい感じがするのも、それだけ漱石が力を入れたのだとすれば、仕方がないことかも知れません。

では、「非人情」の世界とは何かを、作品から読み取っていきましょう。主人公の画家は旅をしながら、次のように考えます。

> 恋はうつくしかろ、孝もうつくしかろ、忠君愛国も結構だろう。しかし自身がその局(きょく)に当れば利害の旋風(つむじ)に捲(ま)き込まれて、うつくしき事にも、結構な事にも、目は眩(くら)んでしまう。したがってどこに詩があるか自身には解(げ)しかねる。
>
> これがわかるためには、わかるだけの余裕のある第三者の地位に立たねばならぬ。三者の地位に立てばこそ芝居は観て面白い。小説も見て面白い。芝居を見て面白い人も、小説を読んで面白い人も、自己の利害は棚へ上げている。見たり読んだりする間だけは詩人である。

人間社会は互いに愛したり憎んだり、嫉妬したり、僻んだりと、人と人が関係を持たざるを得ない限り、そこには「人情」が絡んでしまいます。まさに「とかくに人の世は住みにくい」のです。

そこで、いっそのこと「非人情」の境地を意図的に作り上げたならどうだろうと、画家は考えたのです。

たとえば、自分が現実社会で激しい恋をしたなら苦しくて仕方がないでしょうけど、そうした芝居や小説を観客や読者として客観的に眺めたなら、甘美な感動を得ることができます。

『草枕』

芭蕉と云う男は枕元へ馬が尿するのをさえ雅な事と見立てて発句にした。余もこれから逢う人物を——百姓も、町人も、村役場の書記も、爺さんも婆さんも——ことごとく大自然の点景として描き出されたものと仮定して取こなして見よう。

『草枕』

ここで芭蕉の句を引用しているのですが、確かに旅に疲れて、馬小屋で眠りにつこうとしている時に枕元で馬に尿をされたなら、たまったものではありません（馬の尿はかなりの量だと思います）。ところが、尿をされて慌てている自分をも一枚の絵のように見立てて「蚤(のみ)虱(しらみ)馬の尿(ばり)する枕もと」と発句を作ったところに、芭蕉の風流が成り立っているのです。

漱石自身『草枕』を俳諧小説と呼んでいるのは、こういったところから来ているのでしょう。

茫々(ぼうぼう)たる薄墨色(うすずみいろ)の世界を、幾条の銀箭(ぎんせん)が斜めに走るなかを、ひたぶるに濡れて行くわれを、われならぬ人の姿と思えば、詩にもなる、句にも咏(よ)まれる。有体(ありてい)なる己(おの)れを忘れ尽して純客観に眼をつくる時、始めてわれは画中の人物として、自然の景物と美しき調和を保つ。

『草枕』

突然、激しい雨が降ってきました。

画家はずぶ濡れになるのですが、雨に濡れて道を急ぐ旅人の自分を、自分ではなく絵の中の点景とみれば、詩にも句にも詠(よ)むことができると考えたのですが、結局は激しい雨にただ苦しくて、疲れた足が気になって、「非人情がちと強過ぎたようだ」と我に返ります。

こうした画家である「余」が那古井という山を越えた温泉宿に泊まり、那美という美しい女性に出会い、彼女を「非人情」で絵の中の人物として捉えようとします。

◎ここがポイント

作品の中心はあくまで那美という美しい女性です。

「非人情」が女性という人間を対象にした時、どのような絵ができるのか。漱石は那美を絵の中の女性とするべく、様々な仕掛けを施します。

まず峠の茶店で婆さんと馬子（まご）の源さんとの会話から、画家が自然と那美に興味を抱くように仕向けます。次に那古井の宿で、給仕に出た女を相手に那美の日常を聞き出します。髪結床（かみゆいどこ）の親方は那美の噂話をし、観海寺（かんかいじ）の和尚も那美のことを気にかけているのです。

画家の期待は膨らむばかりですが、画家が実際に那美と会った時、その容貌を画家らしく詳細に描写しています。

二人の男から求婚され、どちらも選ぶことができず、思いあまって自ら川に身を投げた長良の乙女伝説に重ねるように、鏡が池に写生に出かけた「余」に源さんが、昔お嬢さんが身投げをした事件の話をします。そして、那美が「余」に「先生、わたくしの画をかいて下さいな」と頼むのです。

「余」は「非人情」の立場を貫きながら、ぎりぎりまで客観的に那美を鑑賞しているのです。そして、鏡が池で那美を絵にしようと思ったのですが、那美の表情に何かが不足している気がします。

別れた夫を見送る那美の表情に「憐れ」が浮かぶのを見て、「余」は「それだ！　それだ！　それが出れば画になりますよ」と言うのですが、もちろん「憐れ」は「人情」に他なりません。

徹頭徹尾「非人情」に徹した上で、最後の最後で「人情」を描くことで絵は完成するのです。

『草枕』発表の翌年（一九〇七）、漱石は朝日新聞社に入社し、それ以後すべての作品は朝日新聞の夕刊に連載されることになります。第一弾として悪女藤尾（ふじお）が登場する『虞美人草』が連載され、大評判となるのですが、『吾輩は猫である』『坊っちゃん』と続いた勧善懲悪の世界観はこれ以後影を潜めるのです。

4 『夢十夜(ゆめじゅうや)』

◎ストーリー

『夢十夜』は十の短い夢から成り立つ作品です。それぞれの夢は何の関連もなく、オムニバス形式のようなもので、「夢」という設定もあって、非現実的で、幻想的な作品となっています。特に第一夜と第三夜は傑作だと言えるので、この二夜のストーリーを説明していきましょう。

「第一夜」

腕組みをして座っていると、仰向けに寝た女が静かな声でもう死にますと言います。女の大きな、潤いのある眼には自分の姿が鮮やかに映っていて、自分は女がとても死ぬようには思えません。それでも、女は自分が死んだら、大きな真珠貝で穴を掘って、星の破片(かけ)を墓標にして、墓のそばで待っていて下さいと言います。そして、百年待っていて下さい。きっと逢いに来ますからとだけ言って、死んでしまうのです。

自分は女が言った通りにし、じっと苔の上に座って待ちました。数え切れないほど、赤い日が頭の上を通り越したけど、百年はまだ来ません。しまいに欺されたのではないだろうかと思い始めるのですが、その時、石の下から青い茎が伸びてきて、自分の胸の辺りまで来て止まりました。そして、心持ち首を傾けていた一輪の蕾がふっくらと花弁を開いたのです。真っ白な百合の花でした。自分は白い花弁に接吻をし、「百年はもう来ていたんだな」と、この時初めて気がついたのです。

「**第三夜**」

「自分」は誰もいない田圃道を自分の子供を背負って歩いていました。ところが、その子供はいつの間にか眼が潰れ、坊主頭になって、自分と対等に、大人のような口を利くのです。しかも、背中に張り付いて、自分の心を読み取っているようです。自分は怖くなり、森の中に棄てようとすると、子供が「ふふん」と笑います。そして、「御父さん、重いかい」と聞くのです。「重かあない」と答えると、子供は「今に重くなるよ」と言います。

自分は早く棄ててしまおうと、足を早めると、雨が降り出し、路はだんだん暗くなります。「ここだ、ここだ。ちょうどその杉の根の処だ」という子供の声に立ち止まると、子供は「御前がおれを殺したのは今からちょうど百年前だね」と言います。おれは人殺しだったんだと初めて気がついた時、背中の子供が石地蔵のように重くなったのです。

◎この作品の面白さは？

『夢十夜』は明治四一（一九〇八）年、朝日新聞に連載されます。実は次の作品が『三四郎』なのですが、前年度の朝日新聞連載第一作『虞美人草』とは文体も作風もまったく異なっています。

考えてみれば、『三四郎』を連載するまで、猫の視点で書かれた『吾輩は猫である』、歯切れが良く、読みやすい『坊っちゃん』、俳諧小説である『草枕』、厚化粧の美文調を駆使した『虞美人草』、一人の青年の身の上話を淡々と描いた『坑夫』、そして、幻想的な作風の『倫敦塔』などの短編と、どの作品も主題、文体ともまったく異なっているのです。

ところが、『三四郎』以後は文体も主題も一貫したものに変わっていくので、その直前の作品である『夢十夜』の十の短編は実に興味深いのです。漱石自身、ようやく自分の文体を獲得し、追求すべき文学的主題を見つけ出したのではないでしょうか？

特に『虞美人草』までに見られる勧善懲悪的な世界観は完全に姿を消してしまいます。

さらに『夢十夜』の十の短編はどれもバラエティに富み、見事なまでの研ぎ澄まされた文体で表現されているのです。

◎ここがポイント

『夢十夜』は十の夢を描いたというよりも、自分の潜在意識や存在の根源にあるものを描こうとしたのかも知れません。合理では説明できないものの中に、実はより深い真実が隠されているのであり、漱石はそれを見事な文章で取りだしていきます。

特に第一夜と第三夜は合わせ鏡のような作品です。すべての夢は「こんな夢を見た」で始まるのですが、語り手は夢の外から記憶にある夢を語り始めます。そして、次の瞬間「自分」という夢の中の住人になり、非現実的な世界をあたかも現実そのもののように語り始めるのです。

第一夜では、「もう死にます」という女の眼に自分の姿が映ります。それを見ながら、「自分」は「私の顔が見えるかい」と聞くのですが、女は「そこに、写ってるじゃありませんか」と答えます。女は自分の眼に対して、「そこ」という指示語を使うのですが、その時、女は相手の男の視点から自分の顔を捉えているのです。男と女はお互いに相手の存在によって自分を確認することになり、まさにこの時、二人は主客混沌とした神話的時間を共有したことになります。そうした濃密な二人の神話的時間の中で、「百年」という時が流れていきます。女は死者であり、男は生者なのですが、女が真っ白な百合となって再生された時、生と死が混沌とした世界が現出されます。

第一夜は「百年」という約束が未来に成就されるのですが、第三夜ではその「百年」が前世の因果として不気味に変換されます。

背中に張り付いた子供はあくまで自分の子供です。しかも、盲目でありながら、周辺の光景を熟知し、父である「自分」の心の中を読み、さらにはこの先に何が起こるのかされ予知しています。

自分は子供に知らず知らずに誘導されるように、森の中の杉の根の所に連れて行かれます。そして、自分が百年前この杉の根の所で一人の坊主を殺したことに突然気づかされるのですが、突然自分の知らない自分の正体を突きつけられたことで、背中の子供が石地蔵のように重くなるのです。

この第三夜を第一夜と合わせて読んでみると、生と死が混沌とした、しかも、過去と未来が因縁として一つにつながった、そうした神話的時間の中に、突然得体の知れない自分が浮かび上がってきます。

のちの前期三部作の最後の作品『門』では、主人公の宗助が参禅するのですが、その時の公案が「父母未生(ふぼみしょう)以前本来の面目」であり、結局宗助は理性が邪魔をして宗教の門に入ることができずに、途方に暮れてしまいます。

また完成された長編としては最後となった自伝的小説『道草』では、次のような主人公の述懐があります。

> 人通りの少ない町を歩いている間、彼は自分の事ばかり考えた。
> 「御前は必竟(ひっきょう)何をしに世の中に生れて来たのだ」
> 彼の頭のどこかでこういう質問を彼に掛けるものがあった。彼はそれに答えたくなかった。なるべく返事を避けようとした。するとその声がなお彼を追窮し始めた。何遍でも同じ事を繰り返してやめなかった。彼は最後に叫んだ。
> 「分らない」
> その声は忽(たちま)ちせせら笑った。
> 「分らないのじゃあるまい。分っていても、其所(そこ)へ行けないのだろう。途中で引懸っているのだろう」
> 「己(おれ)のせいじゃない。己のせいじゃない」
> 健三は逃げるようにずんずん歩いた。

『道草』

自分がなぜ生まれてきたのか、自分とはいったい何なのか、それを存在の根源にまで遡(さかのぼ)って確かめたいという漱石の狂おしいまでの願望は、すでに『夢十夜』の中に萌芽として現れていたのではないでしょうか。私にはそれが主題の一つとして、特に『三四郎』以降の作品に貫かれているように思われます。

5

『三四郎（さんしろう）』

◎ストーリー

小川（おがわ）三四郎は熊本の高校を卒業し、東京大学に入学するために希望に満ちあふれて上京します。

東京行きの汽車に偶然乗り合わせた女と名古屋で一泊することになりますが、女に別れ際に「あなたはよっぽど度胸のないかたですね」と言われ、すっかりしょげかえります。また車中で知己を得た「神主（かんぬし）じみた男」（後に高校の英語教師の広田（ひろた）先生だとわかります）から、「とらわれちゃだめだ。いくら日本のためを思ったって、贔屓（ひいき）の引き倒しになるばかりだ」と聞いて、旧弊な熊本を出たような気がします。

時代は明治の激動期であり、東京には新しい波が押し寄せ、あらゆる価値が崩壊しつつあります。そうした中で、田舎から出てきた三四郎の目を通して、何もかもが生き生きと蘇るのです。

三四郎には、三つの世界が開けています。第一は、母やお光(みつ)さんが住む「平穏である代わりに寝ぼけている」ような世界で、「立退場(たちのきば)」のようなものです。第二は学問の世界で、ここには広田先生や三四郎と同郷の先輩の野々宮宗八(ののみやそうはち)がいます。第三は、里見美禰子(さとみみねこ)のような「美しい女性(にょしょう)のいる世界」。この世界はまばゆく煌(きら)めいていますが、三四郎にとって近づきにくい、未知の世界でもあるのです。

三四郎が大学の構内に野々宮を訪ねた後、池の畔(ほとり)で若くて美しい女性に会います。後に野々宮の妹よし子の病室で偶然出くわすことになる美禰子ですが、三四郎はうっとりすると同時に、恐ろしくもなります。

ある時、美禰子と広田先生、野々宮と彼の妹のよし子と、団子坂の菊人形を見に行った時、三四郎は美禰子から「迷える子(ストレイ・シープ)」という言葉を聞きます。すでに美禰子に心を奪われている三四郎は、その言葉の意味を知りたいと思いますが、なぜ美禰子がそんな言葉を投げかけたのか、皆目見当が付きません。彼女が自分に関心を抱いているようにも思えるが、野々宮と結婚するような様子を見せることもあって、三四郎はすっかり混乱してしまいます。

そうした中、美禰子は突然、よし子と結婚することになっていた野々宮の友人と結婚してしまいます。美禰子は野々宮の知り合いの画家の原口(はらぐち)に自分の肖像画を描いてもらっていたのですが、その展覧会の日、美禰子の肖像画を見て、三四郎は「迷羊（ストレイ・シープ）」と思わず呟くのでした。

◎この作品の面白さは？

『三四郎』は『それから』『門』と続く前期三部作の一つで、明治四一（一九〇八）年に朝日新聞に連載されました。テーマにある程度、連続性があるため、前期三部作と言われます。

今までの勧善懲悪的な世界や幻想的な作風とは異なり、人間の内面をより奥深いところまで掘り下げて描くという、漱石的な主題を持っています。人間とは善人と悪人とに単純に分けることができないものです。あるいは、何が善で何が悪かもそう単純に決められるものではありません。

漱石は日常的な描写の積み重ねの中で、人間の魂を摑み取ろうとします。しかし、『三四郎』においては田舎から出てきた青年を主人公にしているせいか、まだ主題に後の作品のような深刻さはありません。それよりむしろ三四郎の前に次々と現れてくる人間たちは彼を翻（ほん）弄（ろう）する、不可解な人間たちであって、特に美禰子は謎めいた女性として登場します。

『三四郎』は現実世界を描くというよりも、三四郎という青年の世界を現実的に描くという一面が強いのです。三四郎はまだ世の中のことも恋愛のこともよく分かっていないのですから、そこに描かれた世界もまだはっきりとした輪郭のない、淡いものでしかありません。しかし、逆にそれゆえ『三四郎』は瑞々(みずみず)しい青春小説としても読むことができるのです。

また漱石の同時代の捉え方も、様々な形で作品の中に刻み込まれています。そこも読みどころの一つです。

「明治の思想は西洋の歴史にあらわれた三百年の活動を四十年で繰り返している」

西洋の三百年の近代の歴史に比べて、明治四一年、『三四郎』発表の時期においては日本の近代はわずか四十年ほどで、しかも西洋を上辺だけ模倣する形で行われたのです。

ロンドン留学中の漱石は西洋的なものと、漱石が慣れ親しんでいた東洋的なものとに引き裂かれ、漱石の精神がひび割れたのです。そうした漱石の同時代に対する思いが随所に現れていて、実に興味深いのです。

また第一章でも、汽車の中でまだ名前を明かされていない広田先生は「こんな顔をして、こんなに弱っていては、いくら日露戦争に勝って、一等国になってもだめですね」と言い、さらに「滅びるね」とまで断言します。田舎から出てきたばかりの三四郎は、この言葉を聞いて「新しい空気」に触れた思いがしたのです。

大学の集会の場面で、学生が「我々は西洋の文芸にとらわれんがために、これを研究するのではない。とらわれたる心を解脱せしめんがために、これを研究しているのである」と演説するのですが、これはそのまま英文学を研究していた漱石の思いを表しているのではないでしょうか。

◎ここがポイント

『三四郎』の中心的な主題は、やはり美禰子を巡ってのことです。

三四郎は大学で、先輩の理学者である野々宮を訪ねた帰り、池の畔で見かけた女性にうっとりするのですが、目が合った時、「あなたはよっぽど度胸のないかたですね」と女に言われたのと似たような感じを抱き、恐ろしくなります。この時の女性がヒロインの美禰子です。

まさに東京行きの列車で出会った女のこの言葉が、三四郎のその後の行動を暗示しているようです。

三四郎は池の畔の女を見た時、小さな声で「矛盾だ」と言います。

「大学の空気とあの女が矛盾なのだか、（中略）あの女を見て汽車の女を思い出したのが矛盾なのだか、それとも未来に対する自分の方針が二道に矛盾しているのか、または非常にうれしいものに対して、恐れをいだくところが矛盾しているのか、——このいなか出の青年には、すべてわからなかった。ただなんだか矛盾であった」

ここから分かるように、三四郎は初めて会った時から美しい美禰子に惹かれながら、その一方では恐れを抱き、そうした自分の気持ちに「矛盾」を感じているのです。

三四郎はその後、次第に美禰子に惹かれていくのですが、肝心の美禰子は野々宮に心を寄せているようでもあり、自分に関心があるようでもあり、結局、彼女の心が摑めず、まさに「度胸がない」状態のまま放置されます。

三四郎の大学の友人の佐々木与次郎（ささきよじろう）は美禰子を評して、「イプセンの女のようなところがある」と言ったことがあるのですが、『人形の家』が代表作のイプセンは新しい女性の解放を描いた作家です。美禰子は当時としては新しい、自立をしようとしていた女性だったのでしょう。

与次郎が後に彼女のことを「夫として尊敬のできない人の所へははじめから行く気はないんだから、相手になるものはその気でいなくっちゃいけない」と言っていることからも、かなり芯の強い女性だったことだけは間違いありません。後の『それから』の三千代、『彼岸過迄』の千代子、『行人』の直（なお）、『道草』の住（すみ）といった、心の内に激しい情熱を持ちながら、封建的な風土の中にそれを閉ざしている女性たちの系譜につながっています。

しかし、美禰子は結局、愛してもいない人の元へ嫁ぐことを決意します。三四郎が美禰子の本当の気持ちを知り得ないと同時に、実は読者である私たちもそれを読み取ることができません。漱石は彼女の気持ちを説明することをせず、美禰子の不思議な言動を描写するだけです。だから、私たちはそれらを手がかりに推測するしかないのですが、もしかすると答えは一つではないかも知れません。

美禰子が野々宮を尊敬していることは間違いありませんが、肝心の野々宮は研究に没頭していて、美禰子に特別な執着をしているようには見えません。そこで、美禰子は三四郎に関心を抱いたのかも知れませんが、三四郎は「度胸のない人」であり、まだ世の中のことも、自分の将来のことも、男女のことも何も展望がない状態で、自立しようとしている美禰子にとっては男性として物足りなかったのでしょう。

美禰子は二つの謎めいた言葉を残していて、しかも、その言葉が主題と大きく関わっているのです。一つは「迷羊（ストレイ・シープ）」。かって美禰子が呟いた言葉であり、最後の場面で三四郎が美禰子の肖像画を前に呟く言葉でもあります。

これは三四郎を指した言葉かも知れませんし、古い時代や習慣の中でどうやって時代を切り開いたらいいのか分からない、時代の迷い子という意味も込められているのかも知れません。

もう一つが、結婚を決めた美禰子が三四郎に最後に投げかけた言葉、「我はわが愆を知る。わが罪は常にわが前にあり」という、聖書の「詩篇」の一節です。素直に読めば、三四郎を愛してもいないのに、その気があるように見せかけ、翻弄したことを指すでしょう。

この言葉から、美禰子を「無意識の偽善者」とする説が強いのですが、その理由として、漱石が、弟子の森田草平と心中事件を起こした平塚明、後に雑誌「青鞜」において女性解放運動を主導した平塚雷鳥をモデルにしたことも挙げられます。天性の魅力のために、無意識のうちに男を虜にしてしまうのが、「無意識の偽善者」ですが、美禰子自身が「我はわが愆を知る」と言ったこと、三四郎が美禰子の肖像画を前に「迷羊」と呟いたことを考えると、他にも様々な解釈が出来そうです。

6 『それから』

◎ストーリー

長井代助は大学を卒業しても就職せず、一軒家を借りて、書生の門野と賄いのばあさんの三人で暮らしています。生活費の一切を父と兄に頼っているのです。

そうした代助の元に、三年ぶりに平岡常次郎と三千代の夫婦が上京してきました。代助と平岡、三千代は学生時代からの友達で、大学卒業後、平岡は三千代と結婚したのです。

平岡夫婦はこの三年ですっかり変わっていました。平岡は仕事上のトラブルに巻き込まれ、借金を重ねたあげく辞職に追い込まれ、上方から東京に逃げ帰ってきたのです。三千代は子供を産んだのですが、その子供もすぐに死んでしまい、この時心臓を患って、それ以後は病弱なままなのです。

代助は病弱な三千代が不憫でたまりません。しかも、平岡との間もしっくりいかなくなり、三千代が淋しい生活をおくっていると知ると、代助は今まで隠してきた三千代への恋情を抑え込むことができなくなります。実は平岡に頼まれて、義侠心から三千代との間を取り持ったのは代助自身だったのです。

丁度その頃、父から新たなお見合いの話が持ち込まれます。父の恩人である、資産家の佐川の娘です。陰りを見せてきた長井家を立て直すには、どうしてもこの結婚が必要だったのです。その結婚を断って、三千代との愛を貫くことは、当時姦通罪があったのですから、社会的に完全に葬り去られることを意味します。

ついに代助は自然のままに生きようと決意します。本当は当初から三千代のことを愛していたのですが、友達のため自分を偽って間を取り持ったために、平岡も三千代も不幸になったのです。そこで、とうとう三千代を呼び出して、本心を打ち明けたのですが、三千代は「何故棄ててしまったんです」と言い、「残酷だわ」と呟きます。そして、「覚悟を極めましょう」と言ったのです。

代助は直接平岡に「三千代さんをくれないか」と頼むのですが、平岡は三千代を代助に会わせることをせず、逆に彼の裏切りを代助の父親に密告します。父と兄から勘当された代助は職を探しに家を飛び出し、狂気のように回転する赤色の世界に呑み込まれていきます。

◎この作品の面白さは？

代助と平岡は中学時代からの知り合いで、特に卒業してからは何でも打ち明け、兄弟のように親しくしていました。

代助が大学生になると菅沼（すがぬま）という学友ができます。三千代はその菅沼の妹で、代助が菅沼の家に遊びに行くと、平岡もよく遊びに行くようになりました。こうして、代助、菅沼、平岡、そして、三千代の四人は次第に親密になっていくのですが、菅沼が病気で死んでしまうと、この関係のバランスが崩れてしまいます。

その年の秋、平岡と三千代が結婚します。二人を取り持ったのは代助でした。実は代助は三千代を愛していたのですが、平岡に頼み込まれ、義侠心から三千代に平岡と結婚するように勧めたのです。まさに「自然」に逆らったのでした。

そして、東京に戻った平岡夫婦はすっかり変わってしまっていました。代助の目から見て、病弱な三千代はすでに夫の愛を失ったように思えたのです。

「平岡は貰うべからざる人を貰い、三千代は嫁ぐ可（べ）からざる人に嫁いだのだ」と、代助は思います。二人は「自然」に逆らった結婚をしたのです。

「三千代さんは淋しいだろう」

「なに大丈夫だ。彼奴も大分変ったからね」と云って、平岡は代助を見た。代助はその眸の内に危しい恐れを感じた。ことによると、この夫婦の関係は元に戻せないなと思った。もしこの夫婦が自然の斧で割ききりに割かれるとすると、自分の運命は取り帰しの付かない未来を眼の前に控えている。夫婦が離れれば離れる程、自分と三千代はそれだけ接近しなければならないからである。代助は即座の衝動の如くに云った。——

「そんな事が、あろう筈がない。いくら、変ったって、そりゃ唯年を取っただけの変化だ。なるべく帰って三千代さんに安慰を与えて遣れ」

「君はそう思うか」と云いさま平岡はぐいと飲んだ。代助は、ただ、

「思うかって、誰だってそう思わざるを得んじゃないか」と半ば口から出任せに答えた。

「君は三千代を三年前の三千代と思ってるか。大分変ったよ。ああ、大分変ったよ」と平岡は又ぐいと飲んだ。代助は覚えず胸の動悸を感じた。


『それから』

自分がかつて義侠心から取り持った平岡夫婦がことによると元に戻せない夫婦関係にあると思った時、代助は恐怖を感じます。平岡を前にして、「自分の運命は取り帰しの付かない

未来を眼の前に控えている」と感じた時、代助は将来の予感に怯えているのです。

当時は姦通罪がありましたから、仮に代助が三千代と一緒になろうとしたなら、社会から抹殺されることを意味します。そして、社会の掟は「自然」とはまったく対極にあったのです。

代助は三千代を愛しながら、この時までは決断できないでいたのです。もし、自分の本当の気持ちを三千代に打ち明けたなら、それは親友である平岡を裏切ったことになるし、第一、三千代の自分に対する気持ちもまだ分からないのです。仮に三千代が自分の告白に従ったなら、それは法律上も社会的にも罰せられることを意味します。親からも勘当されて、無一文で放り出されることになるのですから、生活能力のない代助は病弱な三千代を養うことすらできません。

それでも代助が三千代に自分の本当の気持ちを告白しようと決意したのは、それが「自然」だと思ったからです。

代助の告白を受け、三千代は泣きながら、「余りだわ」と言い、さらに「何故棄ててしまったんです」と訴えます。三千代は今まで自分の本当の気持ちを代助に伝えることはなかったのですが、この時の「棄てる」という言葉から、三千代の気持ちはあの時から代助にあったということが分かります。

代助もあの時すでに三千代を愛していたのだから、それを素直に告白していれば、二人は何の障害もなく結ばれただろうし、その後の平岡と三千代の不幸な結婚生活はなかったはずです。

三千代は彼女の兄が大学卒業を前に母親とともにチフスにかかって死んだ後、残された自分は自然と代助と結ばれると思っていたのでしょう。もちろん、現代とは異なり、当時は気楽に女性から愛を告白することなんかできませんでした。

それなのに、代助は平岡に三千代との間を取り持ってくれるように頼まれ、義侠心からそれを承諾したのです。この時、代助はまさに「自然」に逆らったのです。三千代は絶望して平岡との結婚を受け入れたのですから、思わず「残酷だわ」と呟きます。

それなのに何故今頃になって告白するのかというのが、三千代の偽らざる気持ちではないでしょうか。


「三千代さん、正直に云って御覧。貴方は平岡を愛しているんですか」

三千代は答えなかった。見るうちに、顔の色が蒼（あお）くなった。眼も口も固くなった。凡（すべ）てが苦痛の表情であった。代助は又聞いた。

「では、平岡は貴方を愛しているんですか」

三千代はやはり俯つ向いていた。代助は思い切った判断を、自分の質問の上に与えようとして、既にその言葉が口まで出掛った時、三千代は不意に顔を上げた。その顔には今見た不安も苦痛も殆んど消えていた。涙さえ大抵は乾いた。頰の色は固より蒼かったが、唇は確として、動く気色はなかった。その間から、低く重い言葉が、繫がらない様に、一字ずつ出た。

「仕様がない。覚悟を極めましょう」

代助は背中から水を被った様に顫えた。社会から逐い放たるべき二人の魂は、ただ二人対い合って、互を穴の明く程眺めていた。そうして、凡てに逆って、互を一所に持ち来たした力を互と怖れ戦いた。


『それから』

代助は「自然」に逆らったためこのような事態を招いたのだから、これからは「自然」のままに生きようと決意したのです。ところが、人間の作った社会はそういった生き方を受け入れようとはしません。この時代に「自然」に生きようとすることは、三千代が言うように、「覚悟を極めましょう」ということなのです。親友からも家族からも、そして、社会からも抹殺され、二人だけでひっそりと生き抜くこととなのです。

『吾輩は猫である』『坊っちゃん』『虞美人草』の主人公たちは「道義」や「道徳」を何よりも重んじ、正義を振りかざして俗物と対峙していくのですが、『三四郎』では善悪という明瞭な構図が姿を消していきます。若い三四郎の視点で再生された世界は瑞々しく、特に美禰子を始めとする若い女性たちは彼にとって謎めいた存在に他なりません。

ところが、『それから』の代助は深刻な現実に直面し、自分たちの将来に恐怖します。ここでは「道義」とか「道徳」という概念が、個人を抑圧する非人間的なものとして描かれているのです。社会という圧倒的な暴力に対して、代助を精神的に支えているのが「自然」という考え方に他なりません。そこで、漱石は個人の内面にどこまでも深く関わっていこうとし始めます。

ここから真の漱石的主題が開示されるといっても過言ではありません。

◎ここがポイント①

『それから』の主人公代助は、いわゆる高等遊民と当時呼ばれている人たちで、これ以後、漱石の作品には多く登場します。代助は大学を卒業しても勤めに出ず、生活費の一切を父や兄に頼り、一日ぶらぶらしては本を読んで暮らしています。

こうした高等遊民を生み出した背景としては、日露戦争以後の好景気によって、新興成金が登場したことが挙げられます。彼らは父親の遺産などで生活するのですが、肝心なのは彼らが知的生活者であって、働く必要がないと同時に、社会に対する批判の眼が強すぎるため、実社会に組み込まれること自体を自らの意志で拒絶していることです。

この時代は社会的矛盾が露呈される一方、それを凝視する知的な人間が数多く生まれてきました。

実際代助の父と兄は日露戦争以後急速に台頭してきた新興成金であり、そのためには多少なりとも社会的に悪事を働いてきたはずです。代助の批判の眼はそうした父や兄にも向けられています。代助は彼らの価値観を受け入れることを拒んでいるのです。こうした代助の価値観が、後に社会に背を向けても愛を貫こうとする行為をもたらします。そして、あれほど仲が良かった平岡との間には相容れない溝ができてしまうのです。

平岡が「何故働かない」と聞いたことに対して、代助は、

「何故働かないって、そりゃ僕が悪いんじゃない。つまり世の中が悪いのだ。もっと、大袈裟に云うと、日本対西洋の関係が駄目だから働かないのだ」

と、答えています。平岡は借金を抱えて、病弱な三千代を養うためにも、必死で働いてい

るのです。そうした平岡にとっては、衣食住の心配がない代助のこの態度はどうしても納得がいくものではありません。そこで、平岡は次のように言います。

「そいつは面白い。大いに面白い。僕みた様に局部に当って、現実と悪闘しているものは、そんな事を考える余地がない。日本が貧弱だって、弱虫だって、働らいてるうちは、忘れているからね。世の中が堕落したって、世の中の堕落に気が付かないで、その中に活動するんだからね。君の様な暇人から見れば日本の貧乏や、僕等の堕落が気になるかも知れないが、それはこの社会に用のない傍観者にして始めて口にすべき事だ。つまり自分の顔を鏡で見る余裕があるから、そうなるんだ。忙がしい時は、自分の顔の事なんか、誰だって忘れているじゃないか」

平岡のこの言葉はまさに高等遊民の生活をしている代助にとっては強烈な皮肉になっています。二人はすでにお互いに理解し合えない、別々の世界に生きているのです。漱石は高等遊民の主人公たちに矛盾に満ちた同時代を批判させながら、その一方では社会に背を向けて積極的に関わろうとしない彼らにも批判の目を向けていたのです。

◎ここがポイント②

いよいよ代助は平岡と対決します。三千代はすでにいざという時はいつでも死ぬ覚悟ができています。そこで、代助は平岡にすべてを打ち明け、手をついて謝ったのです。

「ざっとこう云う経過だ」と説明の結末を付けた時、平岡はただ唸る様に深い溜息を以て代助に答えた。代助は非常に酷かった。

「君の立場から見れば、僕は君を裏切りした様に当る。怪しからん友達だと思うだろう。そう思われても一言もない。済まない事になった」

「すると君は自分のした事を悪いと思ってるんだね」

「無論」

「悪いと思いながら今日まで歩を進めて来たんだね」と平岡は重ねて聞いた。語気は前よりも稍切迫していた。

「そうだ。だから、この事に対して、君の僕等に与えようとする制裁は潔よく受ける覚悟だ。今のはただ事実をそのままに話しただけで、君の処分の材料にする考だ」

平岡は答えなかった。しばらくしてから、代助の前へ顔を寄せて云った。

「僕の毀損された名誉が、回復出来る様な手段が、世の中にあり得ると、君は思っているのか」

『それから』

ここで注目すべきは、平岡の「僕の毀損された名誉が、回復出来る様な手段が、世の中にあり得ると、君は思っているのか」という言葉です。平岡にとって、三千代の愛を失っていたことよりも、名誉が毀損されたことのほうが重要だったのです。

それに対して、代助は、

「矛盾かも知れない。然(しか)しそれは世間の掟と定めてある夫婦関係と、自然の事実として成り上がった夫婦関係とが一致しなかったと云う矛盾なのだから仕方がない。僕は世間の掟として、三千代さんの夫たる君に詫(あや)まる。然し僕の行為その物に対しては矛盾も何も犯していない積(つも)りだ」

と、答えています。

確かに平岡と三千代は世間の掟である夫婦関係を結んではいるのですが、実際のお互いの心は離れているのですから、自然の事実としては夫婦関係とは言えないと言うのです。世間の掟を破った点においては謝罪するが、自然に従った自分の行為に何らやましいところはないと代助は考えています。

「他(ひと)の妻(さい)を愛する権利が君にあるか」と言う平岡に対して、代助は「三千代さんは公然君の所有だ。けれども物件じゃない人間だから、心まで所有する事は誰にも出来ない」と答えています。いくら夫婦といえども人の心を縛ることはできないし、三千代の心はすでに代助のほうにあったのです。

『吾輩は猫である』『坊っちゃん』の頃と比べて、漱石の人間への洞察がかなり深まったと言えそうです。

「平岡、僕は君より前から三千代さんを愛していたのだよ」

平岡は茫然として、代助の苦痛の色を眺めた。

「その時の僕は、今の僕でなかった。君から話を聞いた時、僕の未来を犠牲にしても、君の望みを叶えるのが、友達の本分だと思った。それが悪かった。今位頭が熟していれば、まだ考え様があったのだが、惜しい事に若かったものだから、余りに自然を軽蔑し過ぎた。僕はあの時の事を思っては、非常な後悔の念に襲われている。自分の為ばかりじゃない。実際君の為に後悔している。僕が君に対して真に済まないと思うのは、今度の事件より寧ろあの時僕がなまじいに遣り遂げた義侠心だ。君、どうぞ勘弁してくれ。僕はこの通り自然に復讐を取られて、君の前に手を突いて詫まっている」

代助は涙を膝の上に零した。平岡の眼鏡が曇った。

『それから』

ここでも漱石は「自然」という言葉を使っています。友達の望みを叶えるために、代助は三千代に対する自分の本心を隠して、二人の間を取り持ったのですが、これは自然を軽蔑しすぎた行為だったと言うのです。

あの時、すでに三千代を愛していたのなら、自分の気持ちに正直に振る舞えば、平岡も三千代も夫婦関係が破局を迎えることもなかったし、代助もこうして平岡の前で手をついて謝る必要もなかったのです。自然に逆らったため、代助はこうして自然から復讐を受けていると思っているのです。

結局、平岡は三千代を代助に譲ることに承諾します。ところが、そこには条件があったのです。

三千代は今病気だから、寝ている病人を渡すことはできない。まだ自分が夫だから、三千代の看病は自分がする。君とは夫の立場として、今日限り絶交である。絶交した限りは、君は自分の家に出入りすることはできない。

平岡はこう言い下します。確かに一見論理的な言い分であるように見えて、実は代助と三千代にとっては残酷な処置だと言えるでしょう。

三千代は今命の危険がある状態なのに、代助は彼女の傍に居てやれないどころか、今三千代の病気がどのような状態にあるのかさえ知ることができないのです。

　これは代助にとって過酷な条件でした。代助はもしかすると、平岡は自分に三千代の遺体を引き渡すのではないかと疑ったほどです。二人の運命の糸は完全に平岡の手に握られてしまったのです。


　その後、代助は朝から晩まで、始終三千代のことを忘れることができないのです。逢いたくて仕方がありません。元気で居るのか、今頃死の床に伏してはいないだろうかと、居ても立ってもいられず、平岡の家の周辺を彷徨（さまよ）い続けます。でも、決して三千代には逢うことができないのです。

　そこへ、突然兄が代助を訪ねてきます。平岡が代助の父に、事の経緯を告げる手紙を書いたのです。そこで、父は事の真相を確かめるため、兄を代助の元にやったのでした。


「其所（そこ）に書いてある事は本当なのかい」と兄が低い声で聞いた。代助はただ、

「本当です」と答えた。兄は打衝（ショック）を受けた人の様に一寸扇の音を留（とど）めた。しばらくは二人とも口を聞き得なかった。良（やや）あって兄が、

「まあ、どう云う了見で、そんな馬鹿な事をしたのだ」と呆（あき）れた調子で云った。代助は依然

として、口を開かなかった。

「どんな女だって、貰おうと思えば、いくらでも貰えるじゃないか」と兄がまた云った。代助はそれでも猶黙っていた。三度目に兄がこう云った。——

「御前だって満更道楽をした事のない人間でもあるまい。こんな不始末を仕出かす位なら、今まで折角金を使った甲斐がないじゃないか」

代助は今更兄に向って、自分の立場を説明する勇気もなかった。彼はついこの間まで全く兄と同意見であったのである。

「姉さんは泣いているぜ」と兄が云った。

「そうですか」と代助は夢の様に答えた。

「御父さんは怒っている」

代助は答をしなかった。ただ遠い所を見る眼をして、兄を眺めていた。

『それから』

代助は覚悟を極めていたとはいえ、それが世間からの最初の仕打ちでした。父と兄は代助に勘当を言い渡します。代助は無収入ですから、これからは仕事を探し、三千代との生活のために奔走しなければならなくなります。かつて平岡が何故働かないと言った時、代助は世の中が悪いから働かないと言い放ったのですが、今となっては平岡と同じ立場で、生活のために働かざるを得なくなったのです。

平岡としても、三千代をくれてやると約束した代わりに、最後まで復讐の手を緩めようとはしませんでした。

そして、代助が町に飛び出していくラストシーンです。

「ああ動く。世の中が動く」と呟くことから、これからは今までとまったく異なる人生を送ることを代助は予感しています。代助の脳裏が真っ赤な炎に包まれ、彼の視界に映るあらゆるものが真っ赤になります。この赤の世界が何を意味するかを漱石は明確にしていませんが、少なくとも代助のこれからの世間との闘いを象徴的に描いているのでしょう。

三千代の病気がその後どうなったのか、平岡は代助との約束を守ったのか、それとも遺体となった三千代を引き渡したのか、漱石は何一つその後のことを書いていません。というよりも、色々な解釈ができるように余韻を残した終わり方だと言えるでしょう。

『それから』の後に発表された『門』は、主人公の名前は異なりますが、まさに『それから』以後を描いた作品だと言えるのです。

漱石は『三四郎』『それから』『門』という前期三部作で、常識も道徳も世間も一切関わりのないところで、人間の魂の真実を摑み出そうとします。それがどれほど切実であろうとも、世の中はそれを一切無視することで成り立とうとしているのです。

『それから』は漱石が実存的な主題を真正面から凝視した、記念すべき一作だったのです。

7 『門』

◎ストーリー

学生時代に友人安井の妻である御米を奪った野中宗助は、二人で崖下の家に隠れるように住んでいます。平穏で静かな生活だけど、いつ嵐が吹き荒れるか分からない、緊張に充ちた不安定な日常生活です。

宗助の弟の小六は、父の遺産を管理していた叔父に面倒を見てもらっていました。しかし、暗い過去の影に怯えた宗助は小六の学費問題で、叔父に積極的に交渉することもなく、結局小六を引き取り、三人で暮らすことになります。同居の気苦労もあって、御米は寝込んでしまいます。

ある日、御米はある易者に見てもらうのですが、易者は「あなたには子供はできません」と宣告します。御米は実は三度子供を授かりながら、どの子もうまく育たなかったのです。最初の子供は五カ月で流産し、二度目は月足らずの未熟児として生まれ、一週間後に死亡します。上京した最初の年に、御米はまた懐妊しますが、死産でした。御米は易者に「なぜでしょう」と聞き返すと、易者は「あなたは人に対してすまない事をした覚がある。その罪が祟っているから、子供はけっして育たない」と言い切ったのです。

やがて、泥棒騒ぎが縁となって、宗助は崖上の大家である坂井と親しくなります。新しい年が来て、宗助は坂井の家に招かれ、話の成り行きで小六が坂井の書生として住み込むことになって、小六の前途にようやく片が付いたと一息つきます。ところが、その坂井の口から思いがけないことを聞き、宗助は愕然とします。

安井は宗助に妻を奪われた後、一人で満州に渡り、そこで満州や蒙古を渡り歩く冒険家である坂井の弟と偶然知り合ったのです。その坂井の弟が昨年の暮れ、安井を伴い帰郷しているというのです。それを聞いた時、宗助は安井と同席する羽目に陥るかも知れないと、不安に駆られます。

どうすればいいのか？

宗助は御米に打ち明けることも出来ず、救いを求めて参禅を決意します。寺で「父母未生以前本来の面目」という公案を与えられますが、結局、宗助は何一つ悟りを得ることができません。宗助は落胆して寺を去るのですが、日常に戻ってみると問題は自然と解決していました。宗助が参禅している間に安井は満州に戻ってしまい、こうして宗助の危機は回避されたのです。

「本当にありがたいわね。ようやくの事春になって」と晴れ晴れしい顔をする御米に対して、宗助は「しかしまたじき冬になるよ」と答えたのです。

◎この作品の面白さは？

『門』は明治四三（一九一〇）年、朝日新聞に連載されます。『三四郎』『それから』に次ぐ前期三部作の一つです。

『門』では特に大きな事件が起こったり、起伏に富んだストーリーがあったりするわけではありません。宗助と御米の静かな日常が淡々と綴られているだけです。ところが、その静かな日常には極度の緊張感があり、そこには「結核性の恐ろしいもの」を孕んでいて、いつそれが拡散するか分からない恐怖があります。

宗助はかつて友人であった安井から御米を奪い取り、崖下の日の当たらない家に隠れるように住んでいるのですが、いつ安井が目の前に現れ、二人の生活をぐしゃぐしゃにするのか分かりません。

『それから』では代助が三千代を平岡から譲り受ける描写を詳細にしたのですが、『門』では「すべてが生死の戦であった。青竹を炙って油を絞るほどの苦しみであった」とだけ端的に描写し、その後の世間からの仕打ちを「大風は突然不用意の二人を吹き倒したのである」と簡潔に表現しています。簡潔なだけに私たちはより想像力を喚起されることになります。

単に「不倫」という言葉で片付けるには余りに重く、二人は愛を勝ち取るために生死を賭けるほどの闘いを強いられたわけです。「不用意の二人」という表現から、二人は世間からのひどい仕打ちを覚悟はしていたけれど、それに対して身を守る術（すべ）をなに一つ用意していなかったと分かります。

そして、気がついた時には、世間から隠れるように、崖下の光の入らない家に二人でひっそりと身を寄せ合っていたのです。

『門』の冒頭は宗助が縁側へ座布団を持ち出し、ごろりと横になって御米ととりとめのない会話する描写から始まります。漱石はつかのまの安眠を貪（むさぼ）ろうとする平凡な夫婦の日常を描きながら、徐々にその背後に潜む暗い影を書きこんでいきます。

横になる宗助の様子を、「両膝を曲げて海老（えび）のように窮屈になっている。そうして両手を組み合わして、その中へ黒い頭を突っ込んでいる」と描写します。縁側の日差しの中で、この海老のように体を丸めた様子は実に異様です。まるで世間の風から自分を守るように、体全体を固くしながらしばしの安逸を貪っているかのようです。こうした描写の一つ一つが、宗助夫婦の不安定で、緊張を強いられた夫婦生活を暗示しています。そうやって初めて、崖下の平和がかろうじて成り立っているのです。

宗助が広島で働いている時、父が死亡します。そこで、財産の整理を叔父に頼んで、再び広島に戻ったのです。その時、弟の小六の面倒も叔父にみてもらおうと、学資代として千円を預けます。

やがて宗助が上京すると、叔父が亡くなった後、叔母から今年限りで小六の学資が出せないと申し出がありました。千円はすでに学資で使い果たし、父の家屋敷を売った金は叔父の失敗で無になったというのです。

どうも叔父に財産を横領された感が強いのですが、何故叔父に財産の管理を委ねなければならなかったのか、何故叔父に強く抗議をしなかったのかというと、すべて暗い過去の過ちが影を落としていたからと言っていいでしょう。

御米が三度子供を授かりながら、どの子供も育たなかったことも、この暗い過去の罪が原因だと易者に言われて、御米は強いショックを受けます。このようにして、漱石は犯した罪に怯え、救いを求める二人を描いていきます。

最後に宗助は宗教に救いを求めます。現実が動かしがたい以上、自分の精神の有り様を変えるしか他に方法はないのですが、結局は理性が邪魔をして、素直に宗教の門をくぐることができません。この点においても、漱石の宗教観が読み取れて実に興味深いと言えます。

◎ここがポイント①

『門』の文章が第一人称の「私」ではなく、「二人」「彼ら」「夫婦」と、複数形で語られることが多いことが、大きな特徴の一つだと言えます。一例を挙げると、

「宗助と御米の一生を暗く彩どった関係は、二人の影を薄くして、幽霊のような思をどこかに抱かしめた」

「大風は突然不用意の二人を吹き倒したのである。二人が起き上がった時はどこもかしこもすでに砂だらけであった」

「彼らは残酷な運命が気紛に罪もない二人の不意を打って、面白半分穽の中に突き落したのを無念に思った」

などです。この点に関しては、『門』の中でも、「二人の精神を組み立てる神経系は、最後の繊維に至るまで、互に抱き合ってでき上っていた」とあるように、世間から排除され、たった二人で暮らしていかなければならない二人の精神の結びつきの深さが表現されていま

す。

「彼らは六年の間世間に散漫な交渉を求めなかった代りに、同じ六年の歳月を挙げて、互の胸を掘り出した。彼らの命は、いつの間にか互の底にまで喰い入った」

ここでは一心同体ともいうべき男女の深い結びつきが語られ、それ故に「二人」「彼ら」「夫婦」という主体となる語が作品の全体に美しい旋律を奏でていると言うことができます。だからこそ、静かに忍び寄ってくる破局の予感が作品に極度の緊張感をもたらしているのです。

◎ここがポイント②

参禅に失敗した宗助は偶然によってその危機を回避することができました。いつ安井が目の前に現れるかと怯えていたのですが、その安井は宗助が参禅している間に満州に帰ってしまったのです。

では、これで二人は平穏な生活に戻ることができたかというと、漱石はこの危機が何度も繰り返されることを暗示します。

彼の頭を掠(かす)めんとした雨雲は、辛(かろ)うじて、頭に触れずに過ぎたらしかった。けれども、これに似た不安はこれから先何度でも、いろいろな程度において、繰り返さなければすまないような虫の知らせがどこかにあった。それを繰り返させるのは天の事であった。それを逃げて回るのは宗助の事であった。

『門』

精神的な危機をもたらすのは、「天の事」なので、宗助にはどうしようもないことなのです。どれほど努力しても、もがき苦しんでも、そうした危機がいつ訪れるのか分かりません。だから、人はそうした危機に対して何の解決する力も持たず、ひたすら逃げ回るしかないというのです。そこに宗助の苦しみがあったのです。

そして、『門』は次のように終わっています。

御米は障子の硝子(ガラス)に映る麗(うらら)かな日影をすかして見て、

「本当にありがたいわね。ようやくの事春になって」と云って、晴れ晴れしい眉を張った。宗助は縁に出て長く延びた爪を剪(き)りながら、

「うん、しかしまたじき冬になるよ」と答えて、下を向いたまま鋏（はさみ）を動かしていた。

『門』

象徴的なラストです。

繰り返し危機が訪れるのは「天の事」なので、ここではそれを毎年やってくる冬と重ねています。御米が「ようやくの事春になって」と晴れ晴れしい顔で言ったことに対して、宗助は今は一時平穏が訪れても、必ず冬が訪れてくるようにまた同じ危機が訪れてくることを覚悟しているようです。

世の中に片付くものなんか何一つない、一度起こったことは何度も繰り返されるというのは、漱石文学の主題の一つとなっています。同じことが繰り返されるのですが、それが形を変えているから、私たちはなかなか気づくことができないでいるのです。

考えてみれば、私たちの人生も同じかも知れませんね。

8 『思い出す事など』

◎ストーリー

『思い出す事など』は小説ではなく、漱石の病状記というべき随筆です。明治四三（一九一〇）年一〇月二九日から翌年の二月二〇日まで朝日新聞に連載されました。

明治四三年六月、『門』執筆中に胃潰瘍で内幸町の長与胃腸病院に入院。八月に療養のため伊豆の修善寺に出かけます。

そこで八〇〇グラムにも及ぶ大吐血を起こし、漱石は生死の境を彷徨う危篤状態に陥ります。これが「修善寺の大患」と後に呼ばれるのですが、『思い出す事など』は大吐血する前の入院生活や、大吐血の場面、その後の次第に回復していく状況などを静かなタッチで客観的に描写しています。

このときの臨死体験が漱石に与えた影響は大きく、その後『彼岸過迄』『行人』『こころ』の後期三部作を生み出すきっかけになっているのです。

◎この作品の面白さは？

漱石は一度死んだことがあります。

三〇分間、心臓が停止したのです。胃病を患って、療養中の修善寺で大量に吐血し、医者から死を宣告されます。そこから、奇跡的に生き返ってきたのです。その時の体験を綴ったのが、『思い出す事など』です。

漱石はもう死を覚悟しているためか、非常に静かな表現で、死の淵に居る自分自身を実に客観的に描き出しています。

たとえば、次の描写です。

子供は三人いた。十二から十(とお)、十から八つと順に一列になって隣座敷の真中に並ばされていた。そうして三人ともに女であった。彼等は未来の健康のため、一夏を茅(ち)が崎(さき)に過すべく、父母から命ぜられて、兄弟五人で昨日(きのう)まで海辺を駆け廻っていたのである。父が危篤(きとく)の報知によって、親戚のものに伴(つ)れられて、わざわざ砂深い小松原を引き上げて、修善寺まで見舞に来たのである。

けれども危篤の何を意味しているかを知るには彼らはあまり小(ち)さ過ぎた。彼らは死と云う名前を覚えていた。けれども死の恐ろしさと怖さとは、彼らの若い額（ひたい）の奥に、いまだかつて影さえ宿さなかった。死に捕えられた父の身体が、これからどう変化するか彼らには想像ができなかった。父が死んだあとで自分らの運命にどんな結果が来るか、彼らには無論考え得られなかった。彼らはただ人に伴われて父の病気を見舞うべく、父の旅先まで汽車に乗って来たのである。

『思い出す事など』

危篤状態の漱石が、自分を見舞う幼い子供たちを気づかう様子が感じられます。子供たちは死という言葉は知っていても、それが何を意味するのか、自分たちの運命がどう変わっていくのか、何も分からずにおとなしく隣の座敷に並んでいたのです。そうした子供を見る漱石の視線は穏やかで、とても優しいのです。

さて、漱石が臨死体験をする場面です。

診察の結果として意外にもさほど悪くないと云う報告を得た時、平生森成（もりなり）さんから病気の質（たち）が面白くないと聞いていた雪鳥（せっちょう）君は、喜びの余りすぐ社へ向けて好いという電報を打ってしまった。忘るべからざる八百グラムの吐血は、この吉報を逆襲すべく、診察後一時間後の暮方に、突如として起ったのである。
かく多量の血を一度に吐いた余は、その暮方の光景から、日のない真夜中を通して、明る日の天明に至る有様を巨細（こさい）残らず記憶している気でいた。程経（ほどへ）て妻（さい）の心覚（こころおぼえ）につけた日記を読んで見て、その中に、ノウヒンケツ（狼狽（ろうばい）した妻は脳貧血をかくのごとく書いている）を起し人事不省に陥るとあるのに気がついた時、余は妻を枕辺（まくらべ）に呼んで、当時の模様を委（くわ）しく聞く事ができた。徹頭徹尾明瞭な意識を有して注射を受けたとのみ考えていた余は、実に三十分の長い間死んでいたのであった。

『思い出す事など』

漱石は胃病であるにもかかわらず、大の甘党で、鏡子夫人が隠した甘い物を探し当てて、ときにはジャムを一瓶なめてしまったこともあったようです。この吐血の直前も漱石はアイスクリームを食べているのです。
この日、漱石は突然八〇〇グラムの血を吐き、人事不省に陥りました。意識を取りもどしてから鏡子夫人の日記を読み、その後彼女から当時の模様を聞くことで、三〇分間心臓が止まっていたことを知り、愕然としたのです。

夕暮間近く、にわかに胸苦しいある物のために襲われた余は、悶えたさの余りに、せっかく親切に床の傍に坐っていてくれた妻に、暑苦しくていけないから、もう少しそっちへ退いてくれと邪慳に命令した。それでも堪えられなかったので、安静に身を横うべき医師からの注意に背いて、仰向の位地から右を下に寝返ろうと試みた。余の記憶に上らない人事不省の状態は、寝ながら向を換えにかかったこの努力に伴う脳貧血の結果だと云う。

余はその時さっと迸しる血潮を、驚ろいて余に寄り添おうとした妻の浴衣に、べっとり吐きかけたそうである。雪鳥君は声を顫わしながら、奥さんしっかりしなくてはいけませんと云ったそうである。社へ電報をかけるのに、手が戦いて字が書けなかったそうである。医師は追っかけ追っかけ注射を試みたそうである。後から森成さんにその数を聞いたら、十六筒までは覚えていますと答えた。

(中略)

眼を開けて見ると、右向になったまま、瀬戸引の金盥の中に、べっとり血を吐いていた。金盥が枕に近く押付けてあったので、血は鼻の先に鮮かに見えた。その色は今日までのように酸の作用を蒙った不明瞭なものではなかった。白い底に大きな動物の肝のごとくどろりと固まっていたように思う。その時枕元で含嗽を上げましょうという森成さんの声が聞えた。

『思い出す事など』

まさに鬼気迫る描写です。特に説明はいらないと思います。いきなり血を浴びせかけられて気を失いかけた奥さん、電報をするのに手が震えて字が書けなかった弟子の雪鳥、何本もカンフル剤を打つ医者など、その時の情景がありありと目に浮かぶようです。

漱石はこの間三〇分間意識を失っているのですが、気がついてみると、金だらいの中にべっとりと吐いた血が目に入ったのです。問題はこの三〇分間の死を漱石自身がどのように捉えようとしたかです。

「強いて寝返りを右に打とうとした余と、枕元の金盥に鮮血を認めた余とは、一分の隙もなく連続しているとのみ信じていた。その間には一本の髪毛を挟む余地のないまでに、自覚が働いて来たとのみ心得ていた。ほど経て妻から、そうじゃありません、あの時三十分ばかりは死んでいらしったのですと聞いた折は全く驚いた」

と、漱石は述べているのです。その間、漱石は何を見て、何を聞いたのか、漱石自身の言葉を読んでいきましょう。

微かな羽音、遠きに去る物の響、逃げて行く夢の匂い、古い記憶の影、消える印象の名残

——すべて人間の神秘を叙述すべき表現を数え尽してようやく髣髴すべき霊妙な境界を通過したとは無論考えなかった。ただ胸苦しくなって枕の上の頭を右に傾むけようとした次の瞬間に、赤い血を金盥の底に認めただけである。その間に入り込んだ三十分の死は、時間から云っても、空間から云っても経験の記憶として全く余に取って存在しなかったと一般である。妻の説明を聞いた時余は死とはそれほどはかないものかと思った。

『思い出す事など』

漱石は意識を取りもどした時、三〇分間死んでいたと知らされたのですが、「死」という重大なテーマを実際経験したわけです。死とは何か、死んだらどうなるのか、幽霊は存在するのか、死後の世界は、神の存在は、と漱石にとって「死」は最大の関心事です。

ところが、実際死んでみると、三途の川を渡るでもなく、既に死んだ人に会ったわけでもなく、ただ意識をなくしただけだったのです。死とはこんなにも儚いものなのか、この経験は漱石の死生観に大きな影響を与えます。

余は一度死んだ。そうして死んだ事実を、平生からの想像通りに経験した。はたして時間と空間を超越した。しかしその超越した事が何の能力をも意味しなかった。余は余の個性を

失った。余の意識を失った。ただ失った事だけが明白なばかりである。どうして幽霊となれよう。どうして自分より大きな意識と冥合（めいごう）できよう。

『思い出す事など』

漱石の胃病は生涯治ることはありませんでした。この修善寺の大患以後、漱石は血を吐きながら、命を削るように作品を書き続け、何度も入退院を繰り返しながら、ついに『明暗』を完成させることなく、最期も胃病で死んでいったのです。

これ以後の漱石は死を真正面から捉える作品を執筆し続けます。すでに『門』において、宗教の門を素直にくぐれない宗助を通じて、近代人の苦悩を描き出しました。死後の世界や宗教に逃げるのではなく、生と死を真正面から見据え、魂を奥深い地点で摑み取りたいという漱石の真の試みは、修善寺の大患から始まったと言えるでしょう。

◎ここがポイント

『思い出す事など』では、一命をかろうじて取り留めた漱石はドストエフスキーに思いをはせています。

ドストエフスキーは当時の社会主義サークルに加担したとして警察に捕えられ、それだけの罪で八ヵ月もの間投獄されたうえ、銃殺刑に処せられることが決まりました。

> **八カ月の長い間薄暗い獄舎の日光に浴したのち、彼は蒼空（あおぞら）の下に引き出されて、新たに刑壇の上に立った。彼は自己の宣告を受けるため、二十一度の霜（しも）に、襯衣（シャツ）一枚の裸姿となって、申渡（もうしわたし）の終るのを待った。そうして銃殺に処すの一句を突然として鼓膜に受けた。「本当に殺されるのか」とは、自分の耳を信用しかねた彼が、傍（かたわら）に立つ同囚に問うた言葉である。**
>
> **『思い出す事など』**

人間は自分だけは死なないと思いがちです。銃殺刑をその場で宣告されたドストエフスキーが「本当に殺されるのか」と思わず呟いたことを、漱石は床に伏しながら繰り返し思ったのでしょう。

銃が構えられ、いよいよ殺されるというその時、突然、刑の執行が中止されます。まさにドストエフスキーは短時間のうち、生から死、死から生へと、行き来する体験を持ったのです。そして、病床の中で、漱石はドストエフスキーと自分の体験とを重ねるのです。

回復期に向った余は、病牀の上に寝ながら、しばしばドストイェフスキーの事を考えた。ことに彼が死の宣告から蘇えった最後の一幕を眼に浮べた。――寒い空、新らしい刑壇、刑壇の上に立つ彼の姿、襯衣一枚のまま顫えている彼の姿、――ことごとく鮮やかな想像の鏡に映った。独り彼が死刑を免かれたと自覚し得た咄嗟の表情が、どうしても判然映らなかった。しかも余はただこの咄嗟の表情が見たいばかりに、すべての画面を組み立てていたのである。

『思い出す事など』

死を覚悟したドストエフスキーが寒空の中、死刑を免れた瞬間どのような表情をしたのか、死の淵から蘇った彼がどのような表情をしたのか、漱石は繰り返しそれを脳裏に作り上げようとします。それは死から奇跡的に蘇った自分自身の心持ちを客観的に捉えたいとする、漱石の文学者としての精神のありようだったのです。

9 『彼岸過迄』

◎ストーリー

『彼岸過迄』は六つの短編から成り立っています。「風呂の後」「停留所」「報告」「雨の降る日」「須永の話」「松本の話」で、それらが連なって長編小説が完成するといった仕組みになっています。

「風呂の後」

前半の主人公田川敬太郎は大学を卒業しましたが、まだ職に就けないでいます。同じ下宿に住む森本と風呂で出会い、面白い話を聞くのですが、その森本は突然満州に夜逃げをしてしまいます。

「停留所」

敬太郎は友人須永市蔵の叔父である田口要作を紹介して貰います。その田口から敬太郎はある男の探偵を命じられますが、結局はその男と若い女が一緒に食事をしたという以外、大した情報も得ることができませんでした。

「報告」

田口に大した報告もできなかった敬太郎ですが、田口は敬太郎に調査した男への紹介状を書いてくれます。男は松本恒三（まつもとつねぞう）という須永のもう一人の叔父で、高等遊民として暮らしていました。一緒にいた女は田口自身の娘、千代子（ちよこ）だったのです。

「雨の降る日」

敬太郎は田口に言われたまま、松本に会いに行きますが、その日は雨の日だったので会ってくれませんでした。実は松本は雨の降る日、来客中に愛娘（まなむすめ）を突然亡くしてしまった経験があり、それ以後雨の降る日には人に会わないのだと、敬太郎は千代子の口から聞きます。

「須永の話」

須永は千代子と許嫁のような関係にあり、須永の母もその結婚を望んでいましたが、田口はあまり乗り気でなく、須永自身も気が進まないでいました。しかし、高木（たかぎ）という男の出現により、須永は強い嫉妬を感じます。須永の態度を見て、千代子は、自分を愛してもいないのに何故と須永に詰問するのです。

「松本の話」

須永は親戚の中にあって、絶えず深い孤独を感じていました。それを心配した叔父の松本は須永の悩みを聞きます。松本に対して激高した須永に対して、松本は、須永が実の母の子供ではなく、小間使いの子だと、彼の出生の秘密を打ち明けたのです。

◎この作品の面白さは？

『彼岸過迄』は明治四五（一九一二）年一月から四月にかけて、朝日新聞に連載されました。修善寺の大患から奇跡的に蘇った漱石は久しぶりの創作を開始したのですが、その後も胃潰瘍の再発、痔瘻の手術など、次々と肉体を苛まれながら執筆を続けていきます。

『彼岸過迄』は六つの短編から成り立っているのですが、実際には前半の「風呂の後」「停留所」「報告」「雨の降る日」は、大学を出たての、職探しをしている田川敬太郎の視点から描かれ、そして後半では、敬太郎は主要人物である田口と松本、そして、須永と千代子を紹介する狂言回しの役割を果たしています。

この作品の中心は須永市蔵だと言えます。須永には田口と松本という二人の叔父がいます。須永の母親の弟にあたるのが松本、母親の妹の夫が田口で、田口には千代子という娘がいます。言わば、須永と千代子はいとこ同士で、幼い頃から許嫁のような関係だったのです。

須永は年老いた母と二人で、就職もせずに暮らしている、いわゆる高等遊民です。

「須永の話」は、須永が敬太郎に千代子との関係を打ち明ける形で始まります。

その頃の田口はけっして今ほどの幅利(はばきき)でも資産家でもなかった。ただ将来見込のある男だからと云うので、父が母の妹(いもと)に当るあの叔母を嫁にやるように周旋したのである。田口は固(もと)より僕の父を先輩として仰いでいた。なにかにつけて相談もしたり、世話にもなった。両家の間に新らしく成立したこの親しい関係が、月と共に加速度をもって円満に進行しつつある際に千代子が生れた。その時僕の母はどう思ったものか、大きくなったらこの子を市蔵の嫁にくれまいかと田口夫婦に頼んだのだそうである。母の語るところによると、彼らはその折快よく母の頼みを承諾したのだと云う。

「須永の話」

千代子が産まれた頃はまだ田口は資産家ではなく、須永の父に世話になることのほうが多かったのです。そうした関係の中で、母が千代子を市蔵の嫁にくれと頼み込み、相手側も承諾したのです。

二人は幼なじみとして仲良く育ちました。須永が高等学校に入ってからも、彼の母はそれとなく千代子のことを仄(ほの)めかしたのですが、肝心の須永は千代子に好意を抱いてはいたのですが、子供の頃から一緒に遊んだり喧嘩をしたりした千代子を異性として感じることはなかったのです。ましてや将来の妻として考えることができませんでした。
　ところがその後、両家の関係が大きく変化します。

ただ一言で云うと、彼らはその当時千代子を僕の嫁にしようと明言したのだろう。少なくともやってもいいぐらいには考えていたのだろう。が、その後彼らの社会に占め得た地位と、彼らとは背中合せに進んで行く僕の性格が、二重に実行の便宜を奪って、ただ惚けかかった空しい義理の抜殻を、彼らの頭のどこかに置き去りにして行ったと思えば差支ないのである。

「須永の話」

　須永家と田口家とは微妙な関係にあったと言えるでしょう。田口家は社会的な成功をなし、一方、須永家は父親が亡くなってからは母子家庭で、以前ほどの羽振りの良さは影を潜めました。須永の母は市蔵と千代子の結婚を強く望んでいるのですが、田口家では昔の義理があるから無下に断ることはできませんが、その件に関してあまり語ろうとはしません。
　ただ注意して読み進めなければならないことは、すべてが須永の告白として語られていることです。その須永は自分自身を僻（ひが）みやすい性格だとしています。田口家が二人の結婚を本当はどう思っているかは、一切分からないのです。すべて須永がどう思い込んでいるかしか、漱石は一切描写しません。またそこがこの作品を理解するための大きな鍵となるのです。

須永は田口が娘の千代子の結婚に消極的な理由を二つだと考えています。

一つは、須永家と田口家との関係がかつてと異なってしまったこと。昔は須永家のほうが社会的地位が高く、田口家はその世話になる立場だったのですが、今や須永の父は死に、肝心の須永自身は職を持たず、財産を食い潰しているだけなのです。

もう一つは、須永自身が病弱なので、婿（むこ）として歓迎されていないということ。

あくまで須永自身がそう思い込んでいるのですが、実際の田口家の人びとの本音は作品の中では明かされていません。

だから、須永の僻みがこの作品の主題を解く鍵となるのです。では、千代子は須永をどう思っているのか？

僕と彼らとはあらゆる人の結婚問題についても多くを語る機会を持たなかった。ただある時叔母と僕との間にこんな会話が取り換わされた。

「市さんももうそろそろ奥さんを探さなくっちゃなりませんね。姉さんはとうから心配しているようですよ」

「好いのがあったら母に知らしてやって下さい」

「市さんにはおとなしくって優しい、親切な看護婦みたような女がいいでしょう」

「看護婦みたような嫁はないかって探しても、誰も来手はあるまいな」

僕が苦笑しながら、自ら嘲けるごとくこう云った時、今まで向うの隅で何かしていた千代子が、不意に首を上げた。

「あたし行って上げましょうか」

僕は彼女の眼を深く見た。彼女も僕の顔を見た。けれども両方共そこに意味のある何物をも認めなかった。叔母は千代子の方を振り向きもしなかった。そうして、「御前のようなむきだしのがらがらした者が、何で市さんの気に入るものかね」と云った。僕は低い叔母の声のうちに、窘めるようなまた怖れるような一種の響を聞いた。千代子はただからからと面白そうに笑っただけであった。

「須永の話」

ここでも漱石は巧みな仕掛けをしています。

「あたし行って上げましょうか」

と言った千代子は須永（市蔵）の嫁になることを少なくとも拒絶はしていません。ただし、肝心の須永がそれを彼女の本心からだとは認めていません。またその時の叔母の対応も、須永には「僕は低い叔母の声のうちに、窘なめるようなまた怖れるような一種の響を聞いた」とあるように、叔母も露骨な態度は示せないが、内心では反対していると受け取っています。

つまり、このちょっとした会話においても、須永は叔母と千代子とを懸命に観察し、自分の僻み根性を通して、もしかすると、歪んだ解釈をしているのかも知れないのです。そのように描くことで、須永という人間を浮き彫りにしています。

こうした漱石の描写は見事と言うしかありません。

さて、いよいよ物語の核心に触れる事件が起こるのですが、これもすべて須永の口から語られたもので、過去の回想ですから、事実がどうだったか何も分かりません。すべてが須永のフィルターを通して語られた現実なのです。

僕が別荘へ帰って一時間経つか経たないうちに、僕の注意した門札と同じ名前の男がたち

まち僕の前に現われた。田口の叔母は、高木さんですと云って叮嚀(ていねい)にその男を僕に紹介した。彼は見るからに肉の緊(しま)った血色の好い青年であった。年から云うと、あるいは僕より上かも知れないと思ったが、そのきびきびした顔つきを形容するには、是非共青年という文字が必要になったくらい彼は生気に充ちていた。僕はこの男を始めて見た時、これは自然が反対を比較するために、わざと二人を同じ座敷に並べて見せるのではなかろうかと疑ぐった。無論その不利益な方面を代表するのが僕なのだから、こう改たまって引き合わされるのが、僕にはただ悪い洒落(しゃれ)としか受取られなかった。

「須永の話」

血色のいい好青年である高木を見て、自分と対照的だと思ったのは、須永が自分の青白い容貌と病弱な肉体にコンプレックスを抱いていたからです。自分と正反対のタイプを目の当たりにすると、内在しているコンプレックスが剝き出しになるものです。

しかも、そこに異性が絡んでいたのです。

逆に言うと、高木の出現によって、須永は初めて千代子を異性として意識しだしたとも言えるのです。人は好きな異性を前にして、自分は完璧にありたいと無意識に思うものです。ところが、高木を前にして自分の醜い面を厭(いや)でも意識せざるを得なくなったのです。

二人の容貌がすでに意地の好くない対照を与えた。しかし様子とか応対ぶりとかになると僕はさらにはなはだしい相違を自覚しない訳に行かなかった。僕の前にいるものは、母とか叔母とか従妹とか、皆親しみの深い血属ばかりであるのに、それらに取り捲かれている僕が、この高木に比べると、かえってどこからか客にでも来たように見えたくらい、彼は自由に遠慮なく、しかもある程度の品格を落す危険なしに己を取扱かう術を心得ていたのである。知らない人を怖れる僕に云わせると、この男は生れるや否や交際場裏に棄てられて、そのまま今日まで同じ所で人と成ったのだと評したかった。彼は十分と経たないうちに、すべての会話を僕の手から奪った。そうしてそれをことごとく一身に集めてしまった。その代り僕を除け物にしないための注意を払って、時々僕に一句か二句の言葉を与えた。それがまた生憎僕には興味の乗らない話題ばかりなので、僕はみんなを相手にする事もできず、高木一人を相手にする訳にも行かなかった。

「須永の話」

須永は容貌だけでなく、高木の社交的な振る舞いにまで不快を感じます。高木がすべての会話を奪い取ってしまったのは事実に違いありませんが、それが作為的なものなのか、何の悪意もない無邪気な振る舞いなのか、真実の程は高木本人以外、誰にも分かりません。

しかし、すべては須永の主観的な世界のことであり、その場にいた他の人たちは高木との会話を楽しんでいたのです。須永だけがそれを不快に感じたのは、彼がコンプレックスを抱いているからであり、それが露呈したのはやはり千代子という異性を前にしていたからでしょう。


僕は初めて彼の容貌を見た時からすでに羨ましかった。話をするところを聞いて、すぐ及ばないと思った。それだけでもこの場合に僕を不愉快にするには充分だったかも知れない。けれどもだんだん彼を観察しているうちに、彼は自分の得意な点を、劣者の僕に見せつけるような態度で、誇り顔に発揮するのではなかろうかという疑が起った。その時僕は急に彼を憎み出した。そうして僕の口を利くべき機会が廻って来てもわざと沈黙を守った。

落ちついた今の気分でその時の事を回顧して見ると、こう解釈したのはあるいは僕の僻みだったかも分らない。僕はよく人を疑ぐる代りに、疑ぐる自分も同時に疑がわずにはいられない性質だから、結局他に話をする時にもどっちと判然したところが云い悪くなるが、もしそれが本当に僕の僻み根性だとすれば、その裏面にはまだ凝結した形にならない嫉妬が潜んでいたのである。

「須永の話」

「落ちついた今の気分でその時の事を回顧して見ると、こう解釈したのはあるいは僕の僻みだったかも分らない」とあるように、通り過ぎてみると、すべてが自分の僻みから高木の振る舞いを悪意に取っていたのかも知れません。

人には何らかのきっかけで自分の心の奥底に隠されている、自分でも気がつかない不気味なものが表面に現れてくることがあります。

須永にとっては、そのきっかけが僻みであり、そのさらに奥に隠れている嫉妬の情だったのです。もっと言えば、漱石は嫉妬を通して、須永の内面にある得体の知れないものを浮き彫りにしようとしたのです。

嫉妬という感情が起こるのは、千代子を異性として意識しているからです。しかし、須永はそうした自分を認めることが怖かったに違いありません。自分の中に僻みがあり、自分自身に自信を持つことができなかったからです。

まさに、嫉妬は漱石の仕掛けです。

自分の内面に隠されていたドロドロしたものが吹き出し、それに一番驚いたのは須永自身だったのでしょう。

須永は別荘にいる間、どうしても高木を意識せざるを得ませんでした。その結果、不自然な行動に出てしまうのです。高木が紳士的に、みんなと協調するような振る舞いをするにつけ、須永は逆に意固地になってしまいます。

そんな自分が厭で、結局、須永はみんなを別荘に残して、一人でさっさと帰ってしまったのです。

その後、須永の母を鎌倉から送ってきた千代子は、一晩須永の家に泊まります。翌日、鎌倉へ戻る前の千代子との会話です。

「まだみんな鎌倉にいるのかい」と僕が聞いた。
「ええ。なぜ」と千代子が聞き返した。
「高木さんも」と僕がまた聞いた。
高木という名前は今まで千代子も口にせず、僕も話頭に上(のぼ)すのをわざと憚(はば)かっていたのである。が、何かの機会(はずみ)で、平生(いつも)通りの打ち解けた遠慮のない気分が復活したので、その中に引き込まれた矢先、つい何の気もつかずに使ってしまったのである。僕はふらふらとこの問をかけて彼女の顔を見た時たちまち後悔した。

「須永の話」

須永は一人別荘から帰ったのですが、その後も高木が鎌倉の別荘にいるのかどうか気になっていたのでしょう。千代子といつも通りの打ち解けた雰囲気だったので、思わず心の中で気になっていた「高木」という名前が口をついて出たのです。

ところが、その瞬間、千代子の顔色が変わったのです。千代子は千代子で別荘での須永の態度に対する憤りをずっと抑えつけていたのに違いありません。

偶然高木の名前を口にした時、僕はたちまちこの尊敬を永久千代子に奪い返されたような心持がした。と云うのは、「高木さんも」という僕の問を聞いた千代子の表情が急に変化したのである。僕はそれを強(あなが)ちに勝利の表情とは認めたくない。けれども彼女の眼のうちに、今まで僕がいまだかつて彼女に見出した試しのない、一種の侮蔑が輝やいたのは疑いもない事実であった。僕は予期しない瞬間に、平手で横面(よこつら)を力任せに打たれた人のごとくにぴたりと止まった。

「あなたそれほど高木さんの事が気になるの」

彼女はこう云って、僕が両手で耳を抑えたいくらいな高笑いをした。僕はその時鋭どい侮

辱を感じた。けれどもとっさの場合何という返事も出し得なかった。

「あなたは卑怯(ひきょう)だ」と彼女が次に云った。この突然な形容詞にも僕は全く驚ろかされた。僕は、御前こそ卑怯だ、呼ばないでもの所へわざわざ人を呼びつけて、と云ってやりたかった。けれども年弱な女に対して、向うと同じ程度の激語を使うのはまだ早過ぎると思って我慢した。千代子もそれなり黙った。僕はようやくにして「なぜ」というわずか二字の問をかけた。すると千代子の濃い眉が動いた。彼女は、僕自身で僕の卑怯な意味を充分自覚していながら、たまたま他(ひと)の指摘を受けると、自分の弱点を相手に隠すために、取り繕(つく)ろって空(そら)っとぼけるものとこの問を解釈したらしい。

「なぜって、あなた自分でよく解ってるじゃありませんか」

「解らないから聞かしておくれ」と僕が云った。僕は階下(した)に母を控えているし、感情に訴える若い女の気質もよく呑み込んだつもりでいたから、できるだけ相手の気を抜いて話を落ちつかせるために、その時の僕としては、ほとんど無理なほどの、低いかつ緩(ゆる)い調子を取ったのであるが、それがかえって千代子の気に入らなかったと見える。

「それが解らなければあなた馬鹿よ」

僕はおそらく平生(いつも)より蒼い顔をしたろうと思う。自分ではただ眼を千代子の上にじっと据えた事だけを記憶している。その時何物も恐れない千代子の眼が、僕の視線と無言のうちに

行き合って、両方共しばらくそこに止まっていた事も記憶している。

「須永の話」

「須永の話」は須永の視点ですべては描かれているので、千代子が本当はどう考えているのか、彼女の言動から推測するしかありません。しかし、千代子は千代子で心の奥底に激しい何かを隠していたのです。そして、須永が高木の名前を口にした途端、それは思わず表面に現れてしまったのです。いったん口をついて出た言葉はもう止めようがありません。

千代子は須永のことを面と向かって「卑怯だ」と強い口調で言い放ちます。須永がその理由を聞くと、「それが解らなければあなた馬鹿よ」と言います。須永は千代子の心の奥底にある情念に初めて触れて、戸惑うばかりです。

「あなたはあたしを御転婆の馬鹿だと思って始終冷笑しているんです。あなたはあたしを……愛していないんです。つまりあなたはあたしと結婚なさる気が……」

「そりゃ千代ちゃんの方だって……」

「まあ御聞きなさい。そんな事は御互だと云うんでしょう。そんならそれで宜うござんす。何も貰って下さいとは云やしません。ただなぜ愛してもいず、細君にもしようと思っていな

いあたしに対して……」

彼女はここへ来て急に口籠った。不敏な僕はその後へ何が出て来るのか、まだ覚れなかった。「御前に対して」と半ば彼女を促がすように問をかけた。彼女は突然物を衝き破った風に、「なぜ嫉妬なさるんです」と云い切って、前よりは劇しく泣き出した。僕はさっと血が顔に上る時の熱りを両方の頰に感じた。彼女はほとんどそれを注意しないかのごとくに見えた。

「須永の話」

千代子は幼い頃からずっと須永と結婚するつもりでいたのでしょう。ところが、須永はそうした千代子の気持ちを理解することなく、無関心を装っていたのです。

須永が嫉妬の情に駆られた時、千代子は抑えつけられた感情が爆発します。

なぜ愛してもいない自分に対して、嫉妬するのか。

この千代子の問いは須永の急所を見事に突いたものだったのです。そして、それは須永自身にも答えようのない問いだったのでした。なぜなら、その時はまだ須永は自分自身の中にそのような感情が眠っていたとは思いも寄らなかったからです。

それと同時に、幼なじみとして知り尽くしていたと思っていた千代子が、突然に知らぬ顔を出したのです。千代子の心の奥底にこのような情念が渦巻いていたとは、予期しなかったはずです。

知り尽くしていると思っていた身近な人が突然別人となって目の前に現れてきたのです。人間の心の奥底には自分でも気がつかない別の顔があって、それがある日突然顔を出すのですから、人間は油断がならないのです。

須永は漱石自身の分身のような人物です。物事を深く考え、分析し、軽薄さを何よりも嫌います。ところが、そのためにうちにはコンプレックスを抱え込み、広い視野を持たず、時には独善的になりがちです。

では、漱石もそのような人物だったのかというと、決してそうではありません。なぜなら、そうした須永を客観的に分析し、時には批判的に描写しているのも、やはり漱石自身だったからです。

漱石はその後の二人については、何も書いてはいません。少なくとも、二人がすぐに結婚したわけではないことだけは確かです。

漱石はそこで「須永の話」をいったん打ち切り、この物語の最後を「松本の話」で締めくくっているからです。

「松本の話」では、一転、須永の叔父である松本の視点から、須永を語っているのです。ある時、松本は須永の母親から、千代子を市蔵の嫁に迎えたいのだが、市蔵が尊敬しているお前の口から説得してくれないかと頼まれました。
そこで、松本は須永と話をすることにしました。

僕の推測では、彼が学校を出るまでとかくの決答を延ばしたのは、そのうちに千代子の縁談が、自分よりは適当な候補者の上に纏(まと)いつくに違ないと勘定(かんてい)して、直接に母を失望させる代りに、周囲の事情が母の意思を翻(ひるが)えさせるため自然と彼女に圧迫を加えて来るのを待つ一種の逃避手段に過ぎないと思われた。僕は市蔵にそうじゃ無いかと聞いた。市蔵はそうだと答えた。僕は彼にどうしても母を満足させる気はないかと尋ねた。彼は何事によらず母を満足させたいのは山々であると答えた。けれども千代子を貰おうとはけっして云わなかった。意地ずくで貰わないのかと聞いたら、あるいはそうかも知れないと云い切った。もし田口がやっても好いと云い、千代子が来ても好いと云ったらどうだと念を押したら、市蔵は返事をしずに黙って僕の顔を眺めていた。僕は彼のこの顔を見ると、けっして話を先へ進める気になれないのである。

「松本の話」

結局、須永は最後まで千代子を貰おうとは言わなかったのですが、実は須永はその時思いも寄らないことを考えていたのです。彼は自分の内面をずっと見続けていたのでした。

市蔵はしばらくして自分はなぜこう人に嫌われるんだろうと突然意外な述懐をした。僕はその時ならないのと平生の市蔵に似合しからないのとで驚ろかされた。なぜそんな愚痴を零すのかと窘なめるような調子で反問を加えた。

「愚痴じゃありません。事実だから云うのです」

「じゃ誰が御前を嫌っているかい」

「現にそういう叔父さんからして僕を嫌っているじゃありませんか」

僕は再び驚ろかされた。あまり不思議だから二三度押問答の末推測して見ると、僕が彼に特有な一種の表情に支配されて話の進行を停止した時の態度を、全然彼に対する嫌悪の念から出たと受けていたらしかった。僕は極力彼の誤解を打破しに掛った。

「おれが何で御前を悪む必要があるかね。子供の時からの関係でも知れているじゃないか。馬鹿を云いなさんな」

市蔵は叱られて激した様子もなくますます蒼い顔をして僕を見つめた。僕は燐火（りんか）の前に坐っているような心持がした。

「松本の話」

この時の須永の態度は鬼気迫るものがあったのでしょう。もちろん松本は須永を嫌っているはずがありません。須永の誤解だったのですが、何故そのような誤解をしたのかというと、須永はここでも僻みから物事を歪めて捉えていたのです。

「御前は相応の教育もあり、相応の頭もある癖に、何だか妙に一種の僻みがあるよ。それが御前の弱点だ。是非直さなくっちゃいけない。傍（はた）から見ていても不愉快だ」
「だから叔父さんまで嫌っていると云うのです」
僕は返事に窮した。自分で気のつかない自分の矛盾を今市蔵から指摘されたような心持もした。
「僻みさえさらりと棄ててしまえば何でもないじゃないか」と僕はさも事もなげに云って退（の）けた。

「松本の話」

須永の繰り返しの問いに、松本は「そりゃ自分の事だから、少し自分で考えて見たらよかろう」と答えると、須永は沈痛な表情で「あなたは不親切だ」と言い、次のように言って涙を流しました。

「僕はあなたに云われない先から考えていたのです。おっしゃるまでもなく自分の事だから考えていたのです。誰も教えてくれ手がないから独りで考えていたのです。僕は毎日毎夜考えました。余り考え過ぎて頭も身体も続かなくなるまで考えたのです。それでも分らないからあなたに聞いたのです。あなたは自分から僕の叔父だと明言していらっしゃる。それで叔父だから他人より親切だと云われる。しかし今の御言葉はあなたの口から出たにもかかわらず、他人より冷刻なものとしか僕には聞こえませんでした」

「松本の話」

須永のこの告白はあまりにも悲痛な調子であり、それゆえ、松本は何一つ答える勇気を持ちませんでした。

ここに『彼岸過迄』の重大な主題が隠されているように思われます。

須永は千代子のように明るく、自分の思うがまま生きられるなら、素晴らしいと思っています。でも、どうしてもそのようには振る舞えないのです。脳が彼の胸を押さえつけようとするのです。すべてが内向的になり、彼は心に潜むあらゆるものに理屈をつけずにはいられない。そうした自分が千代子や周囲の人たちに受け入れられないことを誰よりも知っているのは須永自身なのです。

だから、寂しい。自分でもどうしようもないのです。そうした恐ろしい事実に否応なく直面させられたのが、千代子に対する嫉妬ではなかったでしょうか。

あの時の嫉妬は自分自身が自分の心を裏切ったことから生じたものです。それを当の相手である千代子から指摘されたのです。

「僕は僻んでいるでしょうか。たしかに僻んでいるでしょう。あなたがおっしゃらないでも、よく知っているつもりです。僕は僻んでいます。僕はあなたからそんな注意を受けないでも、よく知っています。僕はただどうしてこうなったかその訳が知りたいのです。いいえ母でも、田口の叔母でも、あなたでも、みんなよくその訳を知っているのです。ただ僕だけが知らないのです。ただ僕だけに知らせないのです。僕は世の中の人間の中（うち）であなたを一番信用しているから聞いたのです。あなたはそれを残酷に拒絶した。僕はこれから生涯の敵と

してあなたを呪（のろ）います」

市蔵は立ち上った。僕はそのとっさの際に決心をした。そうして彼を呼びとめた。

「松本の話」

須永は自分でもどうしようもない心を抱えています。そうして、外界を遮断し、一心に自分の心と向き合おうとしているのです。誤魔化（ごまか）すことのできない須永は、そこから目を背けることができません。答えのない問題を考えて、考えて、考え続けるしかないのです。だから、苦しくて仕方がありません。解決できない命題にいつまでも拘泥（こうでい）するしかないのです。それゆえ、千代子と結婚することもできません。

須永はそんな自分を唯一理解できるのが松本だと信じて、自分の心の奥底に隠し持っているものをさらけ出したのです。

ところが、須永が自分の心と向き合い、血みどろの苦闘を繰り広げているにもかかわらず、松本はそれを一般論にすり替えて、誤魔化そうとしました。須永が求めているのは、決して一般論なんかではなく、自分の苦しみを救ってくれることだったのです。

須永は苦しくて、苦しくて、そんな自分を理解してくれるのは松本しかいないと思うからこそ、命がけで切り込んできます。松本はそれを全身で受け止めようとしませんでした。そここには大人としての判断が働いたのですが、須永はそれが哀しくて、「僕は世の中の人間の中であなたを一番信用しているから聞いたのです。あなたはそれを残酷に拒絶した。僕はこれから生涯の敵としてあなたを呪います」と宣告したのです。

松本はこれ以上逃げることはできなくなり、ついに須永の出生の秘密を明かします。

事実だけを一口に約めて云うと、彼は姉の子でなくって、小間使の腹から生れたのである。僕自身の家に起った事でない上に、二十五年以上も経った昔の話だから、僕も詳しい顛末は知ろうはずがないが、何しろその小間使が須永の種を宿した時、姉は相当の金をやって彼女に暇を取らしたのだそうである。それから宿へ下った妊婦が男の子を生んだという報知を待って、また子供だけ引き取って表向自分の子として養育したのだそうである。

（中略）

「解りました。善く解りました」と市蔵が答えた。僕は「解ったらそれで好い、もうその問題についてかれこれというのは止しにしようよ」と云った。

「もう止します。もうけっしてこの事について、あなたを煩らわす日は来ないでしょう。なるほどあなたのおっしゃる通り僕は僻んだ解釈ばかりしていたのです。僕はあなたの御話を聞くまでは非常に怖かったです。胸の肉が縮まるほど怖かったです。けれども御話を聞いて

すべてが明白になったら、かえって安心して気が楽になりました。もう怖い事もありません。その代り何だか急に心細くなりました。淋しいです。世の中にたった一人立っているような気がします」

「だって御母さんは元の通りの御母さんなんだよ。おれだって今までのおれだよ。誰も御前に対して変るものはありゃしないんだよ。神経を起しちゃいけない」

「神経は起さなくっても淋しいんだから仕方がありません。僕はこれから宅へ帰って母の顔を見るときっと泣くにきまっています。今からその時の涙を予想しても淋しくってたまりません」

「松本の話」

須永にとってたった一人の肉親だと思っていた母親が、実は継母だったのです。それは田口家の人びととも、松本家の人びととも何の血のつながりもないことを意味します。だからこそ、須永の母親は親戚である千代子と結婚させることによって、須永に血のつながりをつけようと考えたのでしょう。

松本はたとえ血のつながりがなくとも、須永の母は彼を本当の子供のように愛して、育てたのだからそれでいいではないかと言います。もちろんそのことは須永も十分納得しています。しかし、今須永が苦しんでいるのは、それとはまったく別次元のことなのです。

須永はもともと自分の事は誰も分かってくれないと、一人で苦しんでいました。そうした思いが須永の「自分はなぜこう人に嫌われるんだろう」というセリフになったのです。

母親とはどんなに仲が良くとも、精神世界はまったく異なっていて、まるで別の世界に生きているようだったのです。須永は淋しくて淋しくて仕方がなかったのです。

自分が父と使用人との間に生まれた子供で、その父親も既にこの世にいないと知った瞬間、須永の孤独はまさに実体を持ったと言えます。

漱石は人の心を正面から摑み取ろうとしています。ここでは、誰にも理解されず、そうした自分を持てあましながら、それでも正面から必死でそれに向き合おうとする、一人の若い魂を描き取ろうとしたのです。

須永にとって、嫉妬は自分の心の不可思議さに直面する契機であり、自分が小間使いの子であるという事実は、世界の中でひとりぼっちであることを改めて認識せざるを得ない事実だったのです。

須永は救いようがない孤独を抱えながら、荒野に一人投げ出されてしまったのです。

ここで最も大切なのは、須永が母親の実の子供ではなかったことではなく、彼自身が「淋しいです。世の中にたった一人立っているような気がします」と語っていることです。

　ここに『彼岸過迄』の主題が集約されているような気がします。そして、須永の孤独は漱石自身のそれであり、その先に明治の知識人たちが抱える孤独が横たわっているのです。

　漱石は修善寺の大患で、死と正面から向き合いました。死は漱石にとって永遠の無という、実に虚しいものでした。漱石はその経験で、言葉にできないほどの孤独を味わったはずです。そこから、漱石の血みどろの闘いが始まったのです。実際、漱石はその後の作品を、吐血しながら歯を食いしばって執筆し続けます。

　須永は、後期三部作の『行人』の一郎、『こころ』のKにつながる人物です。漱石はこの後、『行人』『こころ』と、人間の根源的な孤独を摑み取ろうとします。それは自ら血を流すことに他なりませんでした。

◎ここがポイント

『彼岸過迄』は明治四五年一月から連載が開始されたのですが、実はその前年明治四四年、誰よりもかわいがっていた漱石の五女雛子(ひなこ)が原因不明の病気で突然死んでしまいます。漱石の悲しみは相当なものだったと言われています。

　その時の漱石の心痛な思いは、『彼岸過迄』の中の「雨の降る日」の章で見事に表現されているのです。作品の中では雛子は宵子(よいこ)という名前で登場しているのですが、漱石自身「雨の降る日」を執筆した後、「いい供養をした」と語ったと言われています。

「さあ宵子さん、まんまよ。御待遠さま」

千代子が粥を一匙ずつ掬って口へ入れてやるたびに、宵子は旨しい旨しいだの、ちょうだいちょうだいだのいろいろな芸を強いられた。しまいに自分一人で食べると云って、千代子の手から匙を受け取った時、彼女はまた丹念に匙の持ち方を教えた。宵子は固より極めて短かい単語よりほかに発音できなかった。そう持つのではないと叱られると、きっと御供のような平たい頭を傾げて、こう？　こう？　と聞き直した。それを千代子が面白がって、何遍もくり返さしているうちに、いつもの通りこう？　と半分言いかけて、心持横にした大きな眼で千代子を見上げた時、突然右の手に持った匙を放り出して、千代子の膝の前に俯伏になった。

「どうしたの」

千代子は何の気もつかずに宵子を抱き起した。するとまるで眠った子を抱えたように、ただ手応がぐたりとしただけなので、千代子は急に大きな声を出して、宵子さん宵子さんと呼んだ。

宵子はうとうと寝入った人のように眼を半分閉じて口を半分開けたまま千代子の膝の上に支えられた。千代子は平手でその背中を二三度叩いたが、何の効目もなかった。

「叔母さん、大変だから来て下さい」

母は驚ろいて箸と茶碗を放り出したなり、足音を立てて這入って来た。どうしたのと云いながら、電灯の真下で顔を仰向にして見ると、唇にもう薄く紫の色が注していた。口へ掌を当てがっても、呼息の通う音はしなかった。母は呼吸の塞ったような苦しい声を出して、下女に濡手拭を持って来さした。それを宵子の額に載せた時、「脈はあって」と千代子に聞いた。千代子はすぐ小さい手頸を握ったが脈はどこにあるかまるで分らなかった。

「叔母さんどうしたら好いでしょう」と蒼い顔をして泣き出した。母は茫然とそこに立って見ている小供に、「早く御父さんを呼んでいらっしゃい」と命じた。小供は四人とも客間の方へ馳け出した。その足音が廊下の端で止まったと思うと、松本が不思議そうな顔をして出て来た。「どうした」と云いながら、蔽い被さるように細君と千代子の上から宵子を覗き込んだが、一目見ると急に眉を寄せた。

「医者は……」

医者は時を移さず来た。「少し模様が変です」と云ってすぐ注射をした。しかし何の効能もなかった。「駄目でしょうか」という苦しく張りつめた問が、固く結ばれた主人の唇を洩

れた。そうして絶望を怖れる怪しい光に充ちた三人の眼が一度に医者の上に据えられた。鏡を出して瞳孔を眺めていた医者は、この時宵子の裾を捲(まく)って肛門を見た。
「これでは仕方がありません。瞳孔も肛門も開いてしまっていますから。どうも御気の毒です」
医者はこう云ったがまた一筒(いっとう)の注射を心臓部に試みた。固よりそれは何の手段にもならなかった。松本は透(す)き徹(とお)るような娘の肌に針の突き刺される時、自(おのず)から眉間を険(けわ)しくした。千代子は涙をぽろぽろ膝の上に落した。

「雨の降る日」

宵子の死は、『彼岸過迄』の中の「雨の降る日」の章で、敬太郎が松本に会いに行くが、松本が雨の降る日には客と会おうともしないエピソードとして語られます。

松本には十三歳の女の子を筆頭に、五人の子供がいたのですが、五番目の女の子が二歳になる宵子で、千代子自身も一番かわいがっていたのです。透き通るような肌と大きく黒い眸、宵子はまさに真珠のような女の子でした。

ある時、千代子を囲んで家族が団欒(だんらん)していると、雨の中を一人の訪問客が紹介状を持って訪ねてきました。松本が相手をしている間に、その事件が起こったのです。

千代子がご飯をあげている時に、宵子の心臓が突然停止したのです。漱石はこの後、通夜、葬式、骨拾いと、自分が実際に宵子を弔うように、淡々と描写していきます。

その日以来、松本は雨の降る日はだれとも会わなくなります。おそらく宵子が死んだ日のことを思い出すからでしょう。

10 『行人(こうじん)』

◎ストーリー

『行人』は『彼岸過迄』と同じように、「友達」「兄」「帰ってから」「塵労(じんろう)」の四つの短編から成り立っています。

「友達」

長野二郎(ながのじろう)はお手伝いのお貞(さだ)の結婚相手を見るために、関西に旅行をします。そのついでに友人の三沢(みさわ)とある約束をしていたのですが、三沢は胃を悪くして入院していました。二郎は三沢を見舞うために病院に行くうちに、患者である美しい女に心を惹かれます。三沢は入院する前にその女に酒を強要したことがありました。三沢は退院する前に、精神を病んでいたある娘さんの話を二郎にします。

「兄」

二郎の兄で学者の一郎(いちろう)が母と妻である直(なお)を伴って大阪にやって来ます。四人は観光のために暫く滞在したのですが、その折、一郎は二郎に対して、妻直の貞操を試して欲しいと依頼します。二郎はいったん拒否しますが、とうとう直と二人で旅行をする羽目に陥ります。日帰りのつもりが、台風のために二人は一緒に泊まることになったのですが、結局直の心は摑めず仕舞いでした。二郎は直の貞操を疑う必要はないと報告をし、くわしくは東京に帰ってからと、一郎に約束します。

「帰ってから」

東京に帰ってからも、二郎は一郎にくわしい報告をしませんでした。一郎から強く求められましたが、二郎は彼の追及を避けるような態度を取りました。すると一郎は、お前は父と同じ軽薄な男で信用できないと激怒します。それ以後、家の居心地が悪くなった二郎はついに兄夫婦と両親が同居する実家を出て、下宿暮らしをすることを決意します。

「塵労」

二郎が家を出た後、一郎の精神状態はますますひどくなるばかりでした。直も二郎の下宿を訪ねて、自分は立ち枯れになるしかないと訴えます。二郎は両親と相談し、一郎を親友Hに頼んで、強引に旅行に連れ出して貰うことにしました。Hは手紙で兄の苦悩を詳しく綴ってくれました。一郎は旅行中、自分は絶対だと主張し、このままだと死ぬか、気が違うか、宗教に入るしかないと語ったのです。

◎この作品の面白さは？

『行人』は大正元（一九一二）年一二月六日から翌二年四月七日までに、ひとまず「友達」「兄」「帰ってから」の三つの短編が朝日新聞に連載されました。その執筆の間に、漱石は三度目の胃潰瘍で倒れ、約半年間生死を彷徨うことになったため、途中連載が休載されました。その後の大正二年九月一六日から一一月一五日まで「塵労」が書き継がれることになったのです。まさに「塵労」は命を削った作品だと言うことができます。

修善寺の大患以後の『彼岸過迄』『行人』『こころ』を後期三部作と呼ぶことがあるのですが、この三作は共通点が多いのです。

どれもいくつかの短編が連なって、一つの長編となっていることが共通点の一つです。

さらには『彼岸過迄』の須永、『行人』の一郎、『こころ』の先生が主題を担う中心人物ですが、『彼岸過迄』では敬太郎、『行人』では二郎、『こころ』では「私」が語り手として登場していること。

そして、作品の最後において、『彼岸過迄』では須永の告白、『行人』ではHの手紙、『こころ』では先生の手紙によって、主題を担う人物の深い精神世界が明らかにされていきます。

さて、『行人』ですが、漱石は様々な角度から一郎の精神世界を描いていきます。ある時、一郎は二郎に「直は御前に惚れてるんじゃないか」と問いかけます。もちろんそうした事実はどこにもないのですが、一郎は一人で苦しんでいるのです。抑えきれない嫉妬の情と、そうした自分に対する嫌悪感と、相反する気持ちに引き裂かれているのです。

一郎は、二郎に突然「メレジスという人を知ってるか」と聞きます。

「兄」

「その人の書翰（しょかん）の一つのうちに彼はこんな事を云っている。――自分は女の容貌に満足する人を見ると羨ましい。女の肉に満足する人を見ても羨ましい。自分はどうあっても女の霊というか魂というか、いわゆるスピリットを攫（つか）まなければ満足ができない。それだからどうしても自分には恋愛事件が起らない」

「メレジスって男は生涯独身で暮したんですかね」

「そんな事は知らない。またそんな事はどうでも構わないじゃないか。しかし二郎、おれが霊も魂もいわゆるスピリットも攫まない女と結婚している事だけはたしかだ」

一郎は直のスピリットを摑みたいと狂おしいまでに願っています。しかし、どうしても直のスピリットを摑み取ることができません。そこで、二郎を使って直の本当の姿を知ろうとしたのです。


「考えるだけで誰が宗教心に近づける。宗教は考えるものじゃない、信じるものだ」

兄はさも忌々しそうにこう云い放った。そうしておいて、「ああおれはどうしても信じられない。どうしても信じられない。ただ考えて、考えて、考えるだけだ。二郎、どうかおれを信じられるようにしてくれ」と云った。

兄の言葉は立派な教育を受けた人の言葉であった。しかし彼の態度はほとんど十八九の子供に近かった。自分はかかる兄を自分の前に見るのが悲しかった。その時の彼はほとんど砂の中で狂う泥鰌（どじょう）のようであった。

いずれの点においても自分より立ち勝った兄が、こんな態度を自分に示したのはこの時が始めてであった。自分はそれを悲しく思うと同時に、この傾向で彼がだんだん進んで行ったならあるいは遠からず彼の精神に異状を呈するようになりはしまいかと懸念して、それが急に恐ろしくなった。

『門』の宗助は参禅をしましたが、理性が邪魔をして素直に宗教を信じることができませんでした。『行人』の一郎も宗教に救いを求めたいのです。しかし、一郎は自分の頭で考え続ける人であり、何も考えずに素直に宗教を信じることがどうしてもできないのでした。

やがては一郎の精神が異常をきたすのではと二郎が心配するのですが、この二郎の言葉はまさに一郎の将来を予見するものです。

そして、一郎はやがて二郎に妻の貞操を試してくれと頼み込んだのです。

では、肝心の妻である直はどのような女性なのか、それを物語るエピソードが、突然の台風で二郎と直が和歌山の旅館に閉じ込められる場面です。

「兄」

「姉さんまだ寝ないんですか」と自分は煙草の煙の間から嫂（あによめ）に聞いた。

「ええ、だってこの吹き降りじゃ寝ようにも寝られないじゃありませんか」

「僕もあの風の音が耳についてどうする事もできない。電灯の消えたのは、何でもここいら近所にある柱が一本とか二本とか倒れたためだってね」

「そうよ、そんな事を先刻下女が云ったわね」

「御母さんと兄さんはどうしたでしょう」

「妾も先刻からその事ばかり考えているの。しかしまさか浪は這入らないでしょう。這入ったって、あの土手の松の近所にある怪しい藁屋ぐらいなものよ。持ってかれるのは。もし本当の海嘯が来てあすこ界隈をすっかり攫って行くんなら、妾本当に惜しい事をしたと思うわ」

「なぜ」

「なぜって、妾そんな物凄いところが見たいんですもの」

「冗談じゃない」と自分は嫂の言葉をぶった切るつもりで云った。すると嫂は真面目に答えた。

「あら本当よ二郎さん。妾死ぬなら首を縊ったり咽喉を突いたり、そんな小刀細工をするのは嫌よ。大水に攫われるとか、雷火に打たれるとか、猛烈で一息な死に方がしたいんですもの」

自分は小説などをそれほど愛読しない嫂から、始めてこんなロマンチックな言葉を聞いた。そうして心のうちでこれは全く神経の昂奮から来たに違いないと判じた。

「何かの本にでも出て来そうな死方ですね」

「本に出るか芝居でやるか知らないが、妾ゃ真剣にそう考えてるのよ。嘘だと思うならこれから二人で和歌の浦へ行って浪でも海嘯でも構わない、いっしょに飛び込んで御目にかけましょうか」

「あなた今夜は昂奮している」と自分は慰撫めるごとく云った。

「妾の方があなたよりどのくらい落ちついているか知れやしない。たいていの男は意気地なしね、いざとなると」と彼女は床の中で答えた。


「兄」


二人の会話から、直はうちに激しい情熱を秘めている女性だと分かります。思考よりも感性、理性よりも情熱に突き動かされるタイプかも知れません。もともと自由奔放な性格なのに、それが封建的な家という制度に押し込められているのでしょう。

一郎とはまったく異なる世界に生きている女性であるが故に、普段一郎の前では自分を偽って生きているのです。二郎の前だと自分を開放できるので、このような大胆な発言になったのでしょう。

一郎は直を誰よりも愛しているから、彼女のスピリットを摑みたいと狂おしく願います。ところが、真面目で何事も頭で考え抜く一郎には、直の本当の心が理解できません。直が二郎の前で開放的になるのを目の当たりにして、一郎は「直は御前に惚れてるんじゃないか」と思わず問いかけたのです。

ある時、二郎はついに一郎に呼び出されることになります。


「二郎」と兄がようやく云った。その声には力も張もなかった。

「何です」と自分は答えた。自分の声はむしろ驕っていた。

「もうおれはお前に直の事について何も聞かないよ」

「そうですか。その方が兄さんのためにも嫂さんのためにも、また御父さんのためにも好いでしょう。善良な夫になって御上げなさい。そうすれば嫂さんだって善良な夫人でさあ」と自分は嫂を弁護するように、また兄を戒めるように云った。

「この馬鹿野郎」と兄は突然大きな声を出した。その声はおそらく下まで聞えたろうが、すぐ傍に坐っている自分には、ほとんど予想外の驚きを心臓に打ち込んだ。

「お前はお父さんの子だけあって、世渡りはおれより旨いかも知れないが、士人の交わりはできない男だ。なんで今になって直の事をお前の口などから聞こうとするものか。軽薄児め」

自分の腰は思わず坐っている椅子からふらりと離れた。自分はそのまま扉(ドア)の方へ歩いて行った。

「お父さんのような虚偽な自白を聞いた後(あと)、何で貴様の報告なんか宛(あて)にするものか」

自分はこういう烈(はげ)しい言葉を背中に受けつつ扉(ドア)を閉めて、暗い階段の上に出た。

「帰ってから」

結局、二郎は一郎を怒らせてしまいます。一郎は二郎の報告が気になって、夜も眠れないほどだったはずです。ところが、二郎は一向に報告をしに来ません。

一郎が思いあまって尋ねると、二郎はあまりにも素っ気ない返答をしたのです。それどころか、上から目線で、説教じみた言い方をしたのですから、一郎が激怒するのも無理はありません。

二郎は一郎の精神の奥にある深い苦悩をまったく理解しようとはせずに、世俗的なものの捉え方で済ませようとしたのです。だから、一郎は「軽薄児め」と怒鳴ったのでしょう。

この後、一郎の行動はどんどんおかしな方向に行くようになったのです。

二郎は兄と同居することが苦痛になり、一人家を出て下宿をするようになります。

ある時、二郎の下宿に直が訪ねてきます。

彼女は初めから運命なら畏(おそ)れないという宗教心を、自分一人で持って生れた女らしかった。その代り他(ひと)の運命も畏れないという性質(たち)にも見えた。

「男は厭(いや)になりさえすれば二郎さん見たいにどこへでも飛んで行けるけれども、女はそうは行きませんから。妾なんかちょうど親の手で植付けられた鉢植(はちうえ)のようなもので一遍植えられたが最後、誰か来て動かしてくれない以上、とても動けやしません。じっとしているだけです。立枯(たちがれ)になるまでじっとしているよりほかに仕方がないんですもの」

「塵労」

これがその際の直のセリフですが、自由奔放で、うちに激しい情熱を秘めている直が鉢植えのように、植えられた場所で立ち枯れていくしかないと諦めていることが分かります。

そして、いよいよ「塵労」の章で、一郎の友人Hの手紙の中で一郎の精神世界が開示されるのです。

◎ここがポイント

さて、Hの手紙から、一郎の精神世界を読み取っていきましょう。

兄さんは書物を読んでも、理窟を考えても、飯を食っても、散歩をしても、二六時中何をしても、そこに安住する事ができないのだそうです。何をしても、こんな事をしてはいられないという気分に追いかけられるのだそうです。

「自分のしている事が、自分の目的（エンド）になっていないほど苦しい事はない」と兄さんは云います。

「目的（エンド）でなくっても方便（ミインズ）になれば好いじゃないか」と私が云います。

「それは結構である。ある目的（エンド）があればこそ、方便（ミインズ）が定められるのだから」と兄さんが答えます。

兄さんの苦しむのは、兄さんが何をどうしても、それが目的（エンド）にならないばかりでなく、方便（ミインズ）にもならないと思うからです。ただ不安なのです。したがってじっとしていられないのです。兄さんは落ちついて寝ていられないから起きると云います。起きると、ただ起きていられないから歩くと云います。歩くとただ歩いていられないから走（か）けると云います。すでに走け出した以上、どこまで行っても止まれないと云います。止まれないばかりなら好いが刻一刻と速力を増して行かなければならないと云います。その極端を想像すると恐ろしいと云

います。冷汗が出るように恐ろしいと云います。怖くて怖くてたまらないと云います。

「塵労」

ここに来て一郎の苦悩が明かされてくるのですが、一郎が苦しいのは何も妻の心が摑めないだけではなくて、その根源のところに、つまり、自分の存在すること自体に漠然とした不安があるのです。

何のために生きているのか、何をしなければならないのか、生きることの目的は何か、自分とは何なのか、それらをしっかりと摑まない限り、一郎は不安で仕方がないのです。

その延長線上に、愛する人のスピリットを摑みたいという願望があるのです。しかし、二郎にも直にもそうした一郎の精神世界は理解できません。だから、一郎は孤独で仕方がないのです。この孤独は須永の「淋しいです。世の中にたった一人立っているような気がします」（『彼岸過迄』）という言葉とつながっているのです。

「人間の不安は科学の発展から来る。進んで止まる事を知らない科学は、かつて我々に止まる事を許してくれた事がない。徒歩から俥、俥から馬車、馬車から汽車、汽車から自動車、それから航空船、それから飛行機と、どこまで行っても休ませてくれない。どこまで伴っ

れて行かれるか分らない。実に恐ろしい」

「そりゃ恐ろしい」と私も云いました。

兄さんは笑いました。

「君の恐ろしいというのは、恐ろしいという言葉を使っても差支えないという意味だろう。実際恐ろしいんじゃないだろう。つまり頭の恐ろしさに過ぎないんだろう。僕のは違う。僕のは心臓の恐ろしさだ。脈を打つ活きた恐ろしさだ」

私は兄さんの言葉に一毫も虚偽の分子の交っていない事を保証します。しかし兄さんの恐ろしさを自分の舌で嘗めて見る事はとてもできません。

「すべての人の運命なら、君一人そう恐ろしがる必要がない」と私は云いました。

「必要がなくても事実がある」と兄さんは答えました。その上下のような事も云いました。

「人間全体が幾世紀かの後に到着すべき運命を、僕は僕一人で僕一代のうちに経過しなければならないから恐ろしい。一代のうちならまだしもだが、十年間でも、一年間でも、縮めて云えば一カ月間乃至一週間でも、依然として同じ運命を経過しなければならないから恐ろしい。君は嘘かと思うかも知れないが、僕の生活のどこをどんな断片に切って見ても、たといその断片の長さが一時間だろうと三十分だろうと、それがきっと同じ運命を経過しつつあるから恐ろしい。要するに僕は人間全体の不安を、自分一人に集めて、そのまた不安を、一刻一分の短時間に煮つめた恐ろしさを経験している」

一郎の言葉は非常に迫力があります。おそらく一郎の「恐ろしさ」は読者のほとんどが理解できないと思います。なぜなら、大抵の人が分かろうとするのは、一郎の言葉を借りるならば、「頭の恐ろしさ」であり、「心臓の恐ろしさ」ではないからです。一郎が抱えている「恐ろしさ」は頭で理解することは不可能であり、まさに生きた心臓で体感するものなのでしょう。

「死ぬか、気が違うか、それでなければ宗教に入るか。僕の前途にはこの三つのものしかない」

兄さんははたしてこう云い出しました。その時兄さんの顔は、むしろ絶望の谷に赴く人のように見えました。

「しかし宗教にはどうも這入れそうもない。死ぬのも未練に食いとめられそうだ。なればまあ気違だな。しかし未来の僕はさておいて、現在の僕は君正気なんだろうかな。もうすでにどうかなっているんじゃないかしら。僕は怖くてたまらない」

「塵労」

「死ぬか、気が違うか、それでなければ宗教に入るか」が一郎の言葉ですが、一郎は神を否定し、自分の頭ですべてを克服しようとしています。だから、このまま行くと錯乱してしまうしかないと言うのです。

一郎は死ぬか気が違うかのギリギリのところで留まっているのですが、これは晩年の漱石の苦しみの告白でもあるのです。

『吾輩は猫である』『坊っちゃん』などの勧善懲悪の世界とはまったく別個の世界が、ここで開示されたのです。

一郎は神を否定した限り、「神は自己だ」と宣言するしかありません。

兄さんは神でも仏でも何でも自分以外に権威のあるものを建立（こんりゅう）するのが嫌いなのです。（この建立という言葉も兄さんの使ったままを、私が踏襲するのです）。それではニイチェのような自我を主張するのかというとそうでもないのです。

「神は自己だ」と兄さんが云います。兄さんがこう強い断案を下す調子を、知らない人が蔭（かげ）で聞いていると、少し変だと思うかも知れません。兄さんは変だと思われても仕方のないよ

うな激した云い方をします。

「じゃ自分が絶対だと主張すると同じ事じゃないか」と私が非難します。兄さんは動きません。

「僕は絶対だ」と云います。

　こういう問答を重ねれば重ねるほど、兄さんの調子はますます変になって来ます。調子ばかりではありません、云う事もしだいに尋常を外れて来ます。相手がもし私のようなものでなかったならば、兄さんは最後まで行かないうちに、純粋な気違として早く葬られ去ったに違ありません。しかし私はそう容易く彼を見棄てるほどに、兄さんを軽んじてはいませんでした。私はとうとう兄さんを底まで押しつめました。

　兄さんの絶対というのは、哲学者の頭から割り出された空しい紙の上の数字ではなかったのです。自分でその境地に入って親しく経験する事のできる判切した心理的のものだったのです。

　兄さんは純粋に心の落ちつきを得た人は、求めないでも自然にこの境地に入れるべきだと云います。一度この境界に入れば天地も万有も、すべての対象というものがことごとくなくなって、ただ自分だけが存在するのだと云います。そうしてその時の自分は有るとも無いとも片のつかないものだと云います。偉大なようなまた微細なようなものだと云います。何

とも名のつけようのないものだと云います。すなわち絶対だと云います。そうしてその絶対を経験している人が、俄然として半鐘の音を聞くとすると、その半鐘の音はすなわち自分だというのです。言葉を換えて同じ意味を表わすと、絶対即相対になるのだというのです、したがって自分以外に物を置き他を作って、苦しむ必要がなくなるし、また苦しめられる掛念も起らないのだと云うのです。

「塵労」

一郎は「神は自己だ」と言い、一方で「僕は絶対だ」とも言っているので、「神」を「絶対」と同義語であると考えてもいいのです。

自分を無にすることで、万物すべてが自分だから、自分が絶対だと言うのです。そこに咲いている百合の花も、さらさらと音を立てて流れる小川も自分だ、だから、自分が神だと主張します。

そうした境地にあってあらゆるものに触れる時、その万物には自分があるから、それがすなわち相対なのです。

これは思い上がった心境というよりもむしろその逆で、自然や、この地上に存在するあらゆるものと一体化したいという、一郎の強い願望だと言えます。その境地に達すると、妻が自分を愛しているかどうかなど、世俗的なことに思い悩む必要もなくなります。宗教を否定した一郎にとって、これしか救いはなかったのでしょう。

日本人はもともと出家をしたり、隠遁生活をおくったり、旅をすることによって、自己を棄て、自然と一体化しようとしました。芭蕉はそうした境地を「風流」と名づけています。ところが、漱石のそれは西行や兼好や芭蕉の境地とは一線を画しています。彼らはもともと自我という概念がなかったのです。自我はあくまで近代が生み出したものなのです。自我がないから自然と一体化することができたのです。

それに対して、漱石は徹底的に自我を追求します。一郎も「自己」を何処までも追求しようとしています。自己をギリギリまで追求することによって、逆に万物と一体化する、それが一郎の世界観であり、それ故一郎はギリギリまで自分の頭で考えて考えて、考え抜くしかありません。

これは漱石の理想的境地と言われる「則天去私」につながるものではないでしょうか。

そして、Hはその手紙で次のように締めくくります。

私がこの手紙を書き始めた時、兄さんはぐうぐう寝ていました。この手紙を書き終る今も

またぐうぐう寝ています。私は偶然兄さんの寝ている時に書き出して、偶然兄さんの寝ている時に書き終る私を妙に考えます。兄さんがこの眠から永久覚めなかったらさぞ幸福だろうという気がどこかでします。同時にもしこの眠から永久覚めなかったらさぞ悲しいだろうという気もどこかでします。

「塵労」

11 『こころ』

◎ストーリー

『こころ』は、「先生と私」「両親と私」「先生と遺書」の上・中・下の三章から成り立っています。「先生と私」「両親と私」は、「私」の視点から先生を描いているのですが、最後の「先生と遺書」は「先生」の一人称となっていて、作品のテーマがすべて集約していると言っても過言ではありません。

「先生と私」

鎌倉の海岸で「先生」と知り合った語り手の「私」は、先生のお宅をしばしば訪問するようになりました。先生は毎月一回、必ず一人で友人の墓をお参りしていました。先生と友人との間に何があったのか先生は語ろうとしないし、先生の奥さんもそれを知りませんでした。先生は「恋は罪悪ですよ」と言い、その時期が来たら、先生の暗い過去をすべて話してくれると、私に約束します。

「両親と私」

「私」は大学を卒業した後、いったん故郷に帰ります。就職のために東京に戻ろうとするのですが、病気の父が危篤状態に陥ります。母が私の就職がまだ決まっていないことを心配し、先生に世話をして貰うようにと私に勧めます。私は先生に手紙を書くのですが、一週間たっても返事は来ませんでした。

いよいよ父の最期の瞬間が来たと覚悟した時、先生から分厚い手紙が届きます。私はその手紙を手にしながら、東京行きの汽車に飛び乗りました。

「先生と遺書」

両親を亡くした「先生」は信頼していた叔父に財産を横領され、人間不信に陥っていました。その後東京に戻り、新しい下宿先を探します。その下宿には軍人の未亡人と一人娘がいたのですが、先生はそのお嬢さんにだんだん心が惹かれていきます。

一方、先生の親友のKは養親を欺き、実家から勘当されます。Kのことを心配した先生は彼を自分の下宿屋に連れて行きます。Kは親切な奥さんとお嬢さんのおかげで次第に明るくなっていったのですが、彼がお嬢さんと親密になるにつれ、先生は嫉妬に苦しむことになります。ある時、Kの口からお嬢さんに対する切ない感情を打ち明けられ、先生は「先を越されたな」と思います。先生はお嬢さんへの慕情に苦しむKに向かって、「精神的に向上心のないものは、馬鹿だ」と、かつてK自身が吐いた言葉を投げつけ、恋のゆくてを遮ろうとします。

動揺した先生はKを出し抜いて、お嬢さんとの結婚を決めてしまったのです。そのことを知ったKは何も言わずに、自殺してしまいます。その後、先生は何事もなかったようにお嬢さんと結婚するのですが、その結婚生活は索漠(さくばく)としたものでした。結局、先生は乃木(のぎ)大将殉死(じゅんし)の知らせを聞いて、明治の精神に殉死するとして、自殺していったのです。

◎この作品の面白さは?

まずは『こころ』の有名な冒頭箇所です。

私(わたくし)はその人を常に先生と呼んでいた。だからここでもただ先生と書くだけで本名は打ち明けない。これは世間を憚(はば)かる遠慮というよりも、その方が私にとって自然だからである。私はその人の記憶を呼び起すごとに、すぐ「先生」といいたくなる。筆を執(と)っても心持は同じ事である。よそよそしい頭(かしら)文字(もじ)などはとても使う気にならない。

「先生と私」

私はその人を「先生」と呼んだのですが、先生は親の財産で働く必要のない生活をおくっている、いわゆる高等遊民であって、教師という職業に就いているわけではありません。私が先生に惹かれ、その先生から何か人生の大切なものを学ぼうと思っているから、先生と呼んだのです。

若くして両親を亡くし、一人になった先生は叔父を頼り、全財産の管理を託して東京で学生生活をおくっていました。休みに帰郷すると、叔父は自分の娘と結婚するように勧めだしたのです。叔父は既に財産を誤魔化していて、そのために策略で娘を押しつけようとしていたのです。

そういった経験から、最初は下宿屋の奥さんも財産目当てに自分の娘を押しつけようとしているのではないかと、警戒していたのです。「先生と遺書」で、先生（文中では「私」）は、こう語ります。

奥さんは滅多に外出した事がありませんでした。たまに宅を留守にする時でも、お嬢さんと私を二人ぎり残して行くような事はなかったのです。それがまた偶然なのか、故意なのか、私には解らないのです。私の口からいうのは変ですが、奥さんの様子を能く観察していると、何だか自分の娘と私とを接近させたがっているらしくも見えるのです。それでいて、

或(あ)る場合には、私に対して暗に警戒するところもあるようなのですから、始めてこんな場合に出会った私は、時々心持をわるくしました。

私は奥さんの態度をどっちかに片付けてもらいたかったのです。頭の働きからいえば、それが明らかな矛盾に違いなかったのです。しかし叔父に欺(あざむ)かれた記憶のまだ新しい私は、もう一歩踏み込んだ疑いを挟(さしはさ)まずにはいられませんでした。私は奥さんのこの態度のどっちかが本当で、どっちかが偽りだろうと推定しました。そうして判断に迷いました。ただ判断に迷うばかりでなく、何でそんな妙な事をするかその意味が私には呑み込めなかったのです。理由(わけ)を考え出そうとしても、考え出せない私は、罪を女という一字に塗(なす)り付けて我慢した事もありました。必竟(ひっきょう)女だからああなのだ、女というものはどうせ愚(ぐ)なものだ。私の考えは行き詰(つ)まればいつでもここへ落ちて来ました。

「先生と遺書」

しかし、その一方で次第にお嬢さんに惹かれる気持ちが強くなっていくのはどうしようもないことでした。

それほど女を見縊(みくび)っていた私が、またどうしてもお嬢さんを見縊る事ができなかったのです。私の理屈はその人の前に全く用を為さないほど動きませんでした。私はその人に対して、ほとんど信仰に近い愛をもっていたのです。私が宗教だけに用いるこの言葉を、若い女に応用するのを見て、あなたは変に思うかも知れませんが、私は今でも固く信じているのです。本当の愛は宗教心とそう違ったものでないという事を固く信じているのです。私はお嬢さんの顔を見るたびに、自分が美しくなるような心持がしました。お嬢さんの事を考えると、気高い気分がすぐ自分に乗り移って来るように思いました。もし愛という不可思議なものに両端があって、その高い端には神聖な感じが働いて、低い端には性欲が動いているとすれば、私の愛はたしかにその高い極点を捕まえたものです。私はもとより人間として肉を離れる事のできない身体でした。けれどもお嬢さんを見る私の眼や、お嬢さんを考える私の心は、全く肉の臭いを帯びていませんでした。

「先生と遺書」

先生はお嬢さんに対して、「信仰に近い愛」だと告白しているのですが、まだ二人の関係は淡いもので、お互いに気持ちを確かめることもなかったのです。

それがKの出現によって、二人の関係が大きく変化します。

Kは自分が信じる道のためにはあらゆる犠牲を厭わない、強い意志を持った人物でした。

だから、Kを医者にしようとしていた養父母を欺いて、仕送りを受け取り続けていました。そのことが養父母に知られて、仕送りを止められ、しかも、実の両親からも勘当を言い渡されます。まさにKは天涯孤独の境遇となってしまったのです。そういったKを見るに見かねて、先生はKを自分の下宿に連れてきたのです。

先生の下宿に住み始めたKは最初、下宿屋の奥さんやお嬢さんにぶっきらぼうだったのですが、次第に二人と打ち解け始めます。それは先生が本来望んだことだったのですが、Kとお嬢さんが親しげにするのを見るにつれ、先生の心が徐々に穏やかではなくなります。

ある時、先生がいつもより遅く下宿に帰った時、Kの部屋からお嬢さんの声が聞こえてきたのです。

私はすぐ格子を締めました。するとお嬢さんの声もすぐ已（や）みました。私が靴を脱いでいるうち、――私はその時分からハイカラで手数（てかず）のかかる編上（あみあげ）を穿（は）いていたのですが、――私がこごんでその靴紐を解いているうち、Kの部屋では誰の声もしませんでした。私は変に思いました。ことによると、私の疳違（かんちがい）かも知れないと考えたのです。しかし私がいつもの通りKの室（へや）を抜けようとして、襖（ふすま）を開けると、そこに二人はちゃんと坐っていました。Kは例の通り今帰ったかといいました。お嬢さんも「お帰り」と坐ったままで挨拶しました。私に

は気のせいかその簡単な挨拶が少し硬いように聞こえました。どこかで自然を踏み外しているような調子として、私の鼓膜に響いたのです。私はお嬢さんに、奥さんはと尋ねました。私の質問には何の意味もありませんでした。家のうちが平常より何だかひっそりしていたから聞いて見ただけの事です。

「先生と遺書」

先生は叔父に財産を横領されたこともあり、お嬢さんに若干の警戒心を抱いていたため、それと特に焦ってお嬢さんと深い関係を結ぶ必要がなかったため、今まで特にお嬢さんに積極的に出ることはなかったのですが、Ｋが出現することによって、先生のお嬢さんに対する見方が変わったのです。

もちろんこの段階ではＫの気持ちも、お嬢さんの気持ちもまったく分かりません。しかし、この些細な出来事から、Ｋとお嬢さんの様子に無関心ではいられなくなるのです。

そして、突然のＫの告白です。

彼の口元をちょっと眺めた時、私はまた何か出て来るなとすぐ疳付(かんづ)いたのですが、それがはたして何の準備なのか、私の予覚はまるでなかったのです。だから驚いたのです。彼の

重々しい口から、彼のお嬢さんに対する切ない恋を打ち明けられた時の私を想像してみて下さい。私は彼の魔法棒のために一度に化石されたようなものです。口をもぐもぐさせる働きさえ、私にはなくなってしまったのです。

その時の私は恐ろしさの塊りといいましょうか、または苦しさの塊りといいましょうか、何しろ一つの塊りでした。石か鉄のように頭から足の先までが急に固くなったのです。呼吸をする弾力性さえ失われたくらいに堅くなったのです。幸いな事にその状態は長く続きませんでした。私は一瞬間の後に、また人間らしい気分を取り戻しました。そうして、すぐ失策ったと思いました。先を越されたなと思いました。

「先生と遺書」

「精進」という言葉を普段から使い、己を厳しく律して生きてきたKにとって、自分が人を好きになるなんて思ってもみなかったことなのです。実は「精進」という言葉には禁欲の意味も含まれていたのです。

かつてKは「向上心のないものは馬鹿だ」と先生に言い切りました。それなのにお嬢さんを好きになってしまったのです。お嬢さんのことが頭から離れることができません。まさに向上心のない馬鹿は自分自身で、そのことで一番苦しんでいるのはK自身だったのです。

もちろんこの時点でKはお嬢さんに自分の気持ちを打ち明けようとか、前に進もうと思ったわけではありません。苦しくて苦しくて、もっとも信用している先生に告白したい衝動に駆られただけなのです。

しかし、先生は「先を越されたな」と思ったのです。

「精神的に向上心のないものは、馬鹿だ」

私は二度同じ言葉を繰り返しました。そうして、その言葉がKの上にどう影響するかを見詰めていました。

「馬鹿だ」とやがてKが答えました。「僕は馬鹿だ」

Kはぴたりとそこへ立ち留（ど）まったまま動きません。彼は地面の上を見詰めています。私は思わずぎょっとしました。私にはKがその刹那（せつな）に居直り強盗のごとく感ぜられたのです。しかしそれにしては彼の声がいかにも力に乏しいという事に気が付きました。私は彼の眼遣（めづか）いを参考にしたかったのですが、彼は最後まで私の顔を見ないのです。そうして、徐々（そろそろ）とまた歩き出しました。

「先生と遺書」

先生はKの恋の行く手を遮ろうと、他流試合をするように、Kに無言の圧力をかけたのです。

ここで注意しなければならないのは、K自身は自分の気持ちをどう整理するのかで頭がいっぱいで、先生が密かにお嬢さんを愛していたなど夢にも思っていなかったことです。そして、先生もKに対して自分の本心を打ち明けることはしませんでした。

先生はKと表面上親友を装っていながら、心では敵対していたし、Kは先生がどんな気持ちでいるのか、想像さえしていませんでした、逆に言うと、Kはそれほど先生を信用していたのかも知れません。

やがて先生は仮病を使って、奥さんと二人きりになる機会を作りました。

私は突然「奥さん、お嬢さんを私に下さい」といいました。奥さんは私の予期してかかったほど驚いた様子も見せませんでしたが、それでも少時(しばらく)返事ができなかったものと見えて、黙って私の顔を眺めていました。一度いい出した私は、いくら顔を見られても、それに頓(とん)着(じゃく)などはしていられません。「下さい、ぜひ下さい」といいました。「私の妻としてぜひ下さい」といいました。奥さんは年を取っているだけに、私よりもずっと落ち付いていました。「上げてもいいが、あんまり急じゃありませんか」と聞くのです。私が「急に貰いたいのだ」とすぐ答えたら笑い出しました。そうして「よく考えたのですか」と念を押すのです。私はいい出したのは突然でも、考えたのは突然でないという訳を強い言葉で説明しました。

それからまだ二つ三つの問答がありましたが、私はそれを忘れてしまいました。男のように判然（はきはき）したところのある奥さんは、普通の女と違ってこんな場合には大変心持よく話のできる人でした。「宜（よ）ござんす、差し上げましょう」といいました。「差し上げるなんて威張（いば）った口の利ける境遇ではありません。どうぞ貰って下さい。ご存じの通り父親のない憐れな子です」と後（あと）では向うから頼みました。

「先生と遺書」

まさに普通の人間が突然悪い人間に変わったのです。先生がかつて「私」に「突然悪人になるのだから油断してはいけない」と言ったのは、財産を横領した叔父のことでもあり、そして、自分自身のことでもあったのです。

何も知らない奥さんがお嬢さんの結婚のことをKに告げ、「あなたも喜んで下さい」と言った時、Kは「おめでとうございます」と言い、さらに「何かお祝いを上げたいが、私は金がないから上げる事ができません」と付け加えたのです。

そして、Kは自殺します。

先生は何故自殺したのでしょうか？

若い頃、Kを裏切ってお嬢さんと結婚し、そのためKが自殺してしまったので、良心の呵責に耐えかねて自殺したと思われがちです。

本当にそうでしょうか？

作品の中では次のように書かれています。

◎ここがポイント

夏の暑い盛りに明治天皇が崩御になりました。その時私は明治の精神が天皇に始まって天皇に終ったような気がしました。最も強く明治の影響を受けた私どもが、その後に生き残っているのは必竟時勢遅れだという感じが烈しく私の胸を打ちました。私は明白さまに妻にそういいました。妻は笑って取り合いませんでしたが、何を思ったものか、突然私に、では殉死でもしたらよかろうと調戯いました。

私は殉死という言葉をほとんど忘れていました。平生使う必要のない字だから、記憶の底

に沈んだまま、腐れかけていたものと見えます。妻の笑談（じょうだん）を聞いて始めてそれを思い出した時、私は妻に向ってもし自分が殉死するならば、明治の精神に殉死するつもりだと答えました。私の答えも無論笑談に過ぎなかったのですが、私はその時何だか古い不要な言葉に新しい意義を盛り得たような心持がしたのです。

「先生と遺書」

ここで告白されているのは、Kを裏切った良心の呵責ではありません。先生はもし殉死するなら、明治天皇にではなく、明治の精神に殉死すると告げているのです。

では、明治の精神とは何か？

先生は遺書の中に次のように続けています。

それから約一カ月ほど経ちました。御大葬（ごたいそう）の夜私はいつもの通り書斎に坐って、相図（あいず）の号砲を聞きました。私にはそれが明治が永久に去った報知のごとく聞こえました。後で考えると、それが乃木（のぎ）大将の永久に去った報知にもなっていたのです。私は号外を手にして、思わず妻に殉死だ殉死だといいました。

私は新聞で乃木大将の死ぬ前に書き残して行ったものを読みました。西南戦争の時敵に旗を奪られて以来、申し訳のために死のう死のうと思って、つい今日まで生きていたという意味の句を見た時、私は思わず指を折って、乃木さんが死ぬ覚悟をしながら生きながらえて来た年月を勘定して見ました。西南戦争は明治十年ですから、明治四十五年までには三十五年の距離があります。乃木さんはこの三十五年の間死のう死のうと思って、死ぬ機会を待っていたらしいのです。私はそういう人に取って、生きていた三十五年が苦しいか、また刀を腹へ突き立てた一刹那が苦しいか、どっちが苦しいだろうと考えました。

　それから二、三日して、私はとうとう自殺する決心をしたのです。


「先生と遺書」


乃木希典大将は若い時西南戦争で隊旗を取られ、申し訳なくて切腹しようとしました。しかし、それならその命を天皇のために使えと人に諭され、死のう死のうと思いながら三五年間生き続け、天皇の葬式の夜殉死したのです。

先生は乃木大将の三十五年の孤独な人生と、自分のそれとを重ね、明治も終わり、乃木大将も殉死したのだからと、自殺の決心をしたというのです。

では、Kの自殺以後の先生の人生はどのようなものだったのでしょうか？

まずはKが何故自殺したのかを考えてみましょう。
もちろん信頼している友の裏切り、失恋の痛手、それらも十分自殺の動機にはなりますが、果たしてそれだけでしょうか？
まずはKの遺書を読んでみましょう。

私はすぐ机の上に置いてある手紙に眼を着けました。それは予期通り私の名宛になっていました。私は夢中で封を切りました。しかし中には私の予期したような事は何にも書いてありませんでした。私は私に取ってどんなに辛い文句がその中に書き列ねてあるだろうと予期したのです。そうして、もしそれが奥さんやお嬢さんの眼に触れたら、どんなに軽蔑されるかも知れないという恐怖があったのです。私はちょっと眼を通しただけで、まず助かったと思いました。（固より世間体の上だけで助かったのですが、その世間体がこの場合、私にとっては非常な重大事件に見えたのです。）

手紙の内容は簡単でした。そうしてむしろ抽象的でした。自分は薄志弱行で到底行先の望みがないから、自殺するというだけなのです。それから今まで私に世話になった礼が、ごくあっさりとした文句でその後に付け加えてありました。世話ついでに死後の片付方も頼みたいという言葉もありました。奥さんに迷惑を掛けて済まんから宜しく詫をしてくれという句もありました。国元へは私から知らせてもらいたいという依頼もありました。必要な事はみんな一口（ひとくち）ずつ書いてある中にお嬢さんの名前だけはどこにも見えません。私はしまいまで読んで、すぐKがわざと回避したのだという事に気が付きました。しかし私のもっとも痛切に感じたのは、最後に墨（すみ）の余りで書き添えたらしく見える、もっと早く死ぬべきだのになぜ今まで生きていたのだろうという意味の文句でした。

「先生と遺書」

Kは何一つ語らずに死んでいったのです。いや、何一つ語れなかったのでしょう。それはお嬢さんの名前だけ遺書にないことでも分かります。自殺の理由としてKが書いているのは、「自分は薄志弱行で到底行先の望みがないから、自殺する」という言葉だけです。

先生には遺書の最後の言葉が引っかかりました。

「もっと早く死ぬべきだのになぜ今まで生きていたのだろう」

先生は最後の言葉を読んで、Kはきっと寂しかったのだろうと思ったのです。

お嬢さんとの失恋、先生の裏切り、そのどれをとってもKには耐えきれないほど苦しいことだったのに違いありません。

しかし、Kは自分に厳しい生き方をしてきたのです。信じる道のためにはあらゆる執着を断ち切らなければならない。それなのにお嬢さんを好きになってしまったのです。人は自分の気持ちをコントロールすることなど出来ません。それは仕方のないことだったのでした。そこでKはたった一人信頼している先生に救いを求めたのです。

ところが、先生は「向上心のないものは馬鹿だ」という、かつてのK自身の言葉を投げ返しました。Kはそれに対して弁解できません。馬鹿なのは自分のほうなのです。その時、Kは言葉にならないほどの寂しさを感じていたはずです。

Kは自分自身に厳しく、それと同時に他人にも厳しかったのです。それは自分を孤独に追いやることに他なりませんでした。Kは故郷を棄て、家族を棄て、養父母まで棄てました。それでも精進と言って、歯を食いしばって生きてきたのです。

お嬢さんの結婚話を奥さんから聞かされた時、Kはそれがまったく予期していないことだっただけに、心にぽっかりと穴が空いたような感じがしたのです。そして、その穴はとても埋めようのないものでした。

Kは相談相手の先生が密かにお嬢さんを愛していたなんて、夢にも思っていませんでした。隣同士の部屋で暮らしながら、相手の心をまったく理解していなかったのです。そして、この世で一番愛していた人の心も分かっていなかった。

その時、Kはこの世でたったひとりぼっちだと自覚したのではないでしょうか。一度愛を知ったKはもはや元の孤独を耐え抜く自信をなくしてしまったのです。だから、遺書の最後に「もっと早く死ぬべきだのになぜ今まで生きていたのだろう」と書き残したのです。遺書のほとんどが本音を隠した事務的な内容であったのですが、この最後の一言だけがKの本心だったのでしょう。それは『彼岸過迄』の須永の「淋しいです。世の中にたった一人立っているような気がします」という心情につながるものなのです。

だから、Kは壁一枚隔てて眠っている先生の隣の部屋で、何も言わずに一人で死んでいったのです。

では、なぜ先生は自殺したのでしょうか？

遺書を読んだ先生は「私は私に取ってどんなに辛い文句がその中に書き列ねてあるだろうと予期したのです。そうして、もしそれが奥さんやお嬢さんの眼に触れたら、どんなに軽蔑されるかも知れないという恐怖があったのです。私はちょっと眼を通しただけで、まず助かったと思いました」とあります。まずはKのことではなく、自分の立場を思いやったのです。

私は顫える手で、手紙を巻き収めて、再び封の中へ入れました。私はわざとそれを皆なの

眼に着くように、元の通り机の上に置きました。そうして振り返って、襖に迸(ほとばし)っている血潮を始めて見たのです。

「先生と遺書」

ここでは良心の呵責など、まったく語られていません。あるのは、自己保身の気持ちだけです。そして、Kがお嬢さんを好きだったことを誰にも打ち明けず、何喰わぬ顔でお嬢さんと結婚したのです。

その後、奥さん、お嬢さんとの三人の生活が始まるのですが、先生はKの思い出となる過去を封印しなければならなくなりました。愛しているお嬢さんにも自分の本当の気持ちを隠し通さなければならないのです。

やがて奥さんが死に、先生はお嬢さんと二人だけの暮らしを始めます。その時、徐々にKが先生の胸の中で蘇ってきたのです。

酒は止めたけれども、何もする気にはなりません。仕方がないから書物を読みます。しかし読めば読んだなりで、打ち遣(う)っちゃって置きます。私は妻から何のために勉強するのかという質問をたびたび受けました。私はただ苦笑していました。しかし腹の底では、世の中で自分が

最も信愛しているたった一人の人間すら、自分を理解していないのかと思うと、悲しかったのです。理解させる手段があるのに、理解させる勇気が出せないのだと思うとますます悲しかったのです。私は寂寞(せきばく)でした。どこからも切り離されて世の中にたった一人住んでいるような気のした事もよくありました。

「先生と遺書」

先生はいつのまにかKの生きてきた人生を辿(たど)っていたのです。「私は寂寞でした。どこからも切り離されて世の中にたった一人住んでいるような気のした事もよくありました」。

まさに先生はKの孤独を引き受けてしまっていたのです。

同時に私はKの死因を繰り返し繰り返し考えたのです。その当座は頭がただ恋の一字で支配されていたせいでもありましょうが、私の観察はむしろ簡単でしかも直線的でした。Kは正(まさ)しく失恋のために死んだものとすぐ極(き)めてしまったのです。しかし段々落ち付いた気分で、同じ現象に向ってみると、そう容易(たやす)くは解決が着かないように思われて来ました。現実と理想の衝突、——それでもまだ不充分でした。私はしまいにKが私のようにたった一人で淋(さむ)しくって仕方がなくなった結果、急に所決(しょけつ)したのではなかろうかと疑い出しました。そう

してまた慄（ぞっ）としたのです。私もKの歩いた路（みち）を、Kと同じように辿っているのだという予覚（よかく）が、折々風のように私の胸を横過（よこぎ）り始めたからです。

「先生と遺書」

先生は寂しくて寂しくて、この世でたった一人生きてきました。死にたい死にたいと思いながらも、自分が死んだ後の奥さんのことを思うと、死ぬに死ねなかったのです。その時、先生は「もっと早く死ぬべきだのになぜ今まで生きていたのだろう」というKの言葉に何時（いつ）の間にか支配されていたのです。

そんな時、乃木大将の報（しら）せを聞いた先生は、「乃木さんはこの三十五年の間死のう死のうと思って、死ぬ機会を待っていたらしいのです。私はそういう人に取って、生きていた三十五年が苦しいか、また刀を腹へ突き立てた一刹那が苦しいか、どっちが苦しいだろうと考えました」と、乃木大将の人生と自分のそれとを重ねたのです。

そして、「明治の精神」に殉死しようと、自殺を決意したのです。

12 『道草(みちくさ)』

◎ストーリー

長い留学生活を終え帰国した健三(けんぞう)は、大学の教師としての職を得ました。学問一筋の生活を希求し、しかも、一大長編小説に取りかかっている健三はただでさえ時間が足りないのに、日常の様々な些事(さじ)が彼の頭を悩まします。

何事も論理を振り回す、頑固な健三に対して、自由な空気の中で育った細君（妻）は、しばしば健三とぶつかります。健三からすると、細君は積極的に夫に向かって胸を開く女でなく、横着で、身勝手で、時折ヒステリーを起こす女ですが、細君から見ると健三は冷淡で、理屈っぽい男に他なりません。お互い心の何処(どこ)かでは求め合いながら、夫婦仲はしっくりとはいきません。

ある時、十五、六年前に別れたはずの養父島田(しまだ)が健三の前に現れ、それからはしばしば金の無心をするようになります。島田は彼の家にやって来ては、お金をもらうまで居座り続けるのです。島田の出現は単に金の問題だけでなく、その頃の幼時体験が原風景として鮮やかに蘇り、自分の過去が耐えがたいものとして眼前に出現するのです。

世間的には成功したと見える健三の元へ、やがて姉まで小遣いを受け取りに来るようになります。羽振りの良かった細君の父も、今やすっかり没落して、何事かを頼みに訪れます。

そして、ついにはかつての養母で、島田とは既に離婚している御常（おつね）までが金の無心に来るようになります。夫婦生活も危機的な状況に陥りながら、最後は島田に百円を渡すことと引き換えに、絶縁することを確約させます。

これで片付いたと喜ぶ細君に向かって、健三は「世の中に片付くなんてものは殆（ほと）んどありゃしない」と、吐き捨てたのです。

◎この作品の面白さは？

大正四（一九一五）年、漱石は『道草』を朝日新聞に連載するのですが、翌大正五年、未完の大作となる『明暗』執筆中に、胃潰瘍のために死去。そのため『道草』が、完成された作品としては、最後となります。

漱石が活躍した時代は自然主義文学が全盛でしたが、漱石は自分たちの過去を赤裸々に描き出す自然主義の風潮に対しては批判的でした。ところが、死ぬ直前になって、漱石は自らの過去を、『道草』で初めて苦渋の思いで描き出したのです。漱石が描き出したのは、彼が英国留学から帰国し、『吾輩は猫である』を執筆し始めた時期のことです。

人は死ぬ直前に自分のこれまでの人生を走馬灯のように思い出すと言われていますが、漱石は既に死を覚悟して、自分の過去を見つめ直そうとしたのでしょう。

漱石は一分（いちぶ）の隙もない人間関係が苦しくて仕方がありません。胃潰瘍で血を吐き、度重なる神経衰弱にも苦しみ、妻のヒステリーに悩み、しかも、死にまとわりつかれています。何故、これほど苦しいのか、何が原因でこのような事態に陥ったのか、漱石は自分の存在の根源にあるものを懸命に凝視し、そこから生にまとわりつく不気味なものを引きずり出そうとしたのです。

健三が遠い所から帰って来て駒込（こまごめ）の奥に世帯を持ったのは東京を出てから何年目になるだろう。彼は故郷の土を踏む珍らしさのうちに一種の淋（さび）し味（み）さえ感じた。

『道草』

『道草』の冒頭箇所です。遠い所から帰ってきた健三は、漱石自身を投影しています。実際、漱石はロンドン留学から帰ってきたのですが、普通ならば誇らしげに故郷の土を踏むはずです。ところが、健三は「一種の淋し味」を感じたというのです。

健三は成功者としてイギリスから帰国したのですが、彼が留学している数年の間に、何もかもが変わってしまっていました。自分を待っている家族も変わり、さらに妻の実家も、目まぐるしく変貌する近代日本の中ですっかり没落していたのです。

そして、ある日、「帽子を被らない男」が訪ねてきます。実は彼は島田という男で、健三の養父にあたります。幼い時に健三を育ててくれた養父に対して、漱石は「帽子を被らない男」「あの男」と繰り返すのですが、健三は島田を父とは呼べない特殊な環境の中で育てられたのです。

「遠い所から帰って」きた健三の目の前に「帽子を被らない男」が姿を現したのは金を無心するためだったのですが、その瞬間健三には封印したはずの過去が亡霊の如く蘇ってきたのです。

健三の脳裏に蘇った最初の記憶が暗い池の光景でした。

葭簀（よしず）の隙から覗くと、奥には石で囲んだ池が見えた。その池の上には藤棚が釣ってあった。水の上に差し出された両端（りょうはじ）を支える二本の棚柱は池の中に埋まっていた。周囲（まわり）には躑躅（つつじ）が多かった。中には緋鯉（ひごい）の影があちこちと動いた。濁った水の底を幻影（まぼろし）のように赤くするその魚（うお）を健三は是非捕りたいと思った。

　或日彼は誰も宅にいない時を見計って、不細工な布袋竹の先へ一枚糸を着けて、餌と共に池の中に投げ込んだら、すぐ糸を引く気味の悪いものに脅かされた。彼を水の底に引っ張り込まなければやまないその強い力が二の腕まで伝った時、彼は恐ろしくなって、すぐ竿を放り出した。そうして翌日静かに水面に浮いている一尺余りの緋鯉を見出した。彼は独り怖がった。……

「自分はその時分誰と共に住んでいたのだろう」

　彼には何らの記憶もなかった。彼の頭はまるで白紙のようなものであった。けれども理解力の索引に訴えて考えれば、どうしても島田夫婦と共に暮したといわなければならなかった。

『道草』

「濁った水の底を幻影のように赤くするその魚」をぜひ捕りたいと願ったのですが、その不気味なものは幼い健三を水の底に引っ張り込むものでした。

　白昼、静かに水面に浮いている緋鯉の姿、まさに暗い過去の幻影が白日の下に晒された象徴的なシーンです。そうした不気味な幼い頃の思い出と相まって、島田夫婦の記憶が蘇ってきたのです。

それから舞台が急に変った。淋しい田舎が突然彼の記憶から消えた。

すると表に櫺子窓の付いた小さな宅が朧気に彼の前にあらわれた。門のないその宅は裏通りらしい町の中にあった。町は細長かった。そうして右にも左にも折れ曲っていた。

彼の記憶がぼんやりしているように、彼の家も始終薄暗かった。彼は日光とその家とを連想する事が出来なかった。

彼は其所で疱瘡をした。大きくなって聞くと、種痘が元で、本疱瘡を誘い出したのだとかいう話であった。彼は暗い櫺子のうちで転げ廻った。惣身の肉を所嫌わず搔き挘って泣き叫んだ。


『道草』


漱石は二歳の頃、塩原昌之助とやす夫婦のもとに養子に出されます。『道草』のこの記述は漱石の伝記的事実とピタリと符合するのです。

「櫺子窓の付いた小さな宅」「裏通りらしい町の中」は、漱石の脳裏に微かによぎる暗い風景でした。その風景が彼の暗い過去を呼び起こす呼び水となったのです。漱石は自分の原風景とも言える風景を、『道草』の中で書き留めます。

漱石自身、その暗い家で疱瘡を患い、「暗い檽子のうちで転げ廻った。惣身の肉を所嫌わず掻き挘って泣き叫んだ」のです。疱瘡の跡は顔にあばたとして残り、漱石は生涯それを気に病んでいたらしいのです。

塩原夫婦は『道草』の中で、島田夫婦として登場します。

島田は吝嗇な男であった。妻の御常は島田よりもなお吝嗇であった。

「爪に火を点すってえのは、あの事だね」

彼が実家に帰ってから後、こんな評が時々彼の耳に入った。しかし当時の彼は、御常が長火鉢の傍へ坐って、下女に味噌汁をよそって遣るのを何の気もなく眺めていた。

「それじゃ何ぼ何でも下女が可哀そうだ」

彼の実家のものは苦笑した。

御常はまた飯櫃や御菜の這入っている戸棚に、いつでも錠を卸した。たまに実家の父が訪ねて来ると、きっと蕎麦を取り寄せて食わせた。その時は彼女も健三も同じものを食った。その代り飯時が来ても決して何時ものように膳を出さなかった。それを当然のように思っていた健三は、実家へ引き取られてから、間食の上に三度の食事が重なるのを見て、大いに驚ろいた。

『道草』

「吝嗇」とは、ケチのこと。島田夫婦はまれに見るほどケチだったのです。特に御常がそうで、彼女が下女にわざわざ味噌汁をよそってやったのは、下女が自分の味噌汁を多めによそうことを心配したからです、

ケチというよりも、すべてを金銭感覚で推し量る人間だったのです。健三が引き取られたのは愛情からではなく、老後に自分たちの面倒を見させようという、すべては欲得ずくめだったのです。

しかし夫婦の心の奥には健三に対する一種の不安が常に潜んでいた。

彼らが長火鉢の前で差向いに坐り合う夜寒(よさむ)の宵などには、健三によくこんな質問を掛けた。

「御前の御父(おとっ)ッさんは誰だい」

健三は島田の方を向いて彼を指(ゆびさ)した。

「じゃ御前の御母(おっか)さんは」

健三はまた御常の顔を見て彼女を指さした。

これで自分たちの要求を一応満足させると、今度は同じような事を外の形で訊(き)いた。

「じゃ御前の本当の御父さんと御母さんは」

健三は厭々ながら同じ答を繰り返すより外に仕方がなかった。しかしそれが何故だか彼らを喜こばした。彼らは顔を見合せて笑った。

或時はこんな光景が殆んど毎日のように三人の間に起った。或時は単にこれだけの問答では済まなかった。ことに御常は執濃(しつこ)かった。

「御前はどこで生れたの」

こう聞かれるたびに健三は、彼の記憶のうちに見える赤い門――高藪(たかやぶ)で蔽(おお)われた小さな赤い門の家(うち)を挙げて答えなければならなかった。


『道草』


島田夫婦は全力で健三を「彼らの専有物にしよう」としたのです。その結果、健三は体の束縛だけでなく、心の束縛まで受け続けることになりました。

そして、「御前はどこで生れたの」という執拗に繰り返された問いかけは、幼い健三にとって自己の存在自体を脅(おびや)かすものだったはずです。

健三は実の両親の愛情を受けなかったばかりか、養父母に対しても、自分とはどうしても相容（あいい）れない何かを感じていました。

夫婦は健三を可愛（かあい）がっていた。けれどもその愛情のうちには変な報酬が予期されていた。金の力で美くしい女を囲っている人が、その女の好きなものを、いうがままに買ってくれるのと同じように、彼らは自分たちの愛情そのものの発現を目的として行動する事が出来ずに、ただ健三の歓心を得（う）るために親切を見せなければならなかった。そうして彼らは自然のために彼らの不純を罰せられた。しかも自（みずか）ら知らなかった。

『道草』

島田夫婦は健三に何か買ってやる時も、必ず暗に将来の見返りを要求しました。そうやって恩に着せることで、健三を自分の所有物にしようとしたのですが、それが皮肉なことに健三の心を遠ざけることになったのです。

明治七（一八七四）年、漱石が満七歳の時、養母の塩原やすは離婚を決意し、その結果、漱石はやすとともに生家に戻ることになります。昌之助は元旗本の未亡人・日根野（ひねの）かつとその連れ子のれんとともに浅草に移り住み、漱石もそこへ引き取られるのですが、こうした伝記的事実も『道草』の中にしっかりと書きこまれています。

『道草』の中では、塩原やすは御常、昌之助は島田、日根野かつは御藤、れんは御縫となっています。

島田が御藤と関係を持ったため、御常は嫉妬に狂います。子供にとって御常はすでに嫉妬に燃えた生臭い女でしかなく、やがて健三はその女と二人きりの世界に閉じ込められることになります。まだ幼いのに、家を追い出され御常に連れられて転々と彷徨うことを余儀なくされるのです。

『道草』のこうした描写もまた伝記的事実と一致します。幼い漱石にとって、こうした感情は自分のアイデンティティを揺るがすほど、彼に大きな傷跡を残したに違いありません。

御常は会う人ごとに島田の話をした。口惜しい口惜しいといって泣いた。

「死んで祟ってやる」

彼女の権幕は健三の心をますます彼女から遠ざける媒介となるに過ぎなかった。

夫と離れた彼女は健三を自分一人の専有物にしようとした。また専有物だと信じていた。

「これからは御前一人が依怙だよ。好いかい。確かりしてくれなくっちゃいけないよ」

こう頼まれるたびに健三はいい渋った。彼はどうしても素直な子供のように心持の好い返事を彼女に与える事が出来なかった。

健三を物にしようという御常の腹の中には愛に駆られる衝動よりも、むしろ慾(よく)に押し出される邪気が常に働いていた。それが頑是(がんぜ)ない健三の胸に、何の理窟なしに、不愉快な影を投げた。しかしその他の点について彼は全くの無我夢中であった。

二人の生活は僅(わず)かの間(ま)しか続かなかった。物質的の欠乏が源因になったのか、または御常の再縁が現状の変化を余儀なくしたのか、年歯(とし)の行かない彼にはまるで解らなかった。何しろ彼女はまた突然健三の眼から消えて失くなった。そうして彼は何時の間にか彼の実家へ引き取られていた。

『道草』

御常は欲得ずくで健三を自分の専有物にしようとしました。

「死んで祟ってやる」というほどの、人の情はかくも醜く、おぞましいものだったのでしょう。

健三は養父母とはどうしても相容れない自分の存在を感じています。魂自体が違うのです。養父母の諍(いさか)いを目の当たりにするにつれ、健三はかくも人は自分の愛憎や性癖に縛られ、身動きができなくなるのか、かくも執着に囚われるものなのか、そうやって一生お互いに傷つけ合い、憎み合って生きていくものなのかと、彼らに育てられながら、彼らを受け入れることのできない自分自身の存在に怯えたのです。

遠い所から帰ってきた健三の元に、ある日ぶらりと「帽子を被らない男」が登場します。過去の亡霊を引きずった、養父の島田です。彼は今ではすっかり落ちぶれてしまい、かつて某(なにがし)かの金と引き換えに縁を切ったはずの健三と偶然すれ違ったのを機に、健三からお金を無心しようと考えたのです。

島田からすれば、将来の打算から幼い健三を育てたのだから、今こそ搾り取れるだけ取らないと割に合わないことになります。

彼は健三の家にやって来ては、お金をもらうまで居座り続けるのです。健三はそれを不快に感じながらも、自分の財布から某かの金を渡してやります。

健三にとって耐えられないのは、単にお金をむしり取られることだけでなく、それと同時に過去の亡霊が蘇ってくることです。

遠い所から帰ってきた健三を待ち受けたものは、過去の亡霊たちで、それに否応なく向き合わなければならなかったのです。

過去の亡霊たちとは何も島田だけのことではありませんでした。

健三は細君の父とはどうしても馬が合わなかったのです。義父は元は高級官僚でしたが今は失職し、相場で失敗して貧乏をしていました。しかも、義父は素直に頭を下げることができない人間でした。その義父が自分の娘、つまり、健三の細君を通して、健三に金銭の工面を頼んできたのです。

このことは義父にとっては屈辱だったに違いありません。しかも、そのことも健三夫婦が衝突する要因の一つでした。

健三には血を分けた姉が一人います。さらには彼女もイギリスから帰ってきた健三にすがりつくのです。決して生活に余裕があるわけではない健三に、養父母や肉親たちが次々と金を無心に来ます。しかも、健三にとって貴重な時間を奪い取り、精神的苦痛を与えるのです。

彼は時々金の事を考えた。何故物質的の富を目標（めやす）として今日（こんにち）まで働いて来なかったのだろうと疑う日もあった。

「己（おれ）だって、専門にその方ばかり遣りゃ」

彼の心にはこんな己惚（おのぼれ）もあった。

彼はけち臭い自分の生活状態を馬鹿らしく感じた。自分より貧乏な親類の、自分より切り詰めた暮し向に悩んでいるのを気の毒に思った。極めて低級な慾望で、朝から晩まで齷齪（あくせく）しているような島田をさえ憐れに眺めた。

「みんな金が欲しいのだ。そうして金より外には何にも欲しくないのだ」
こう考えて見ると、自分が今まで何をして来たのか解らなくなった。

『道草』

健三が島田と「衝突して破裂するまで行くより外に仕方がない」と観念し、島田を待ち構えていると、突然養母の御常が訪ねてきます。さすがにそれは思いも寄らないことでした。「帽子を被らない男」の登場をきっかけに、過去の亡霊が次々と目の前に現れ、健三にまとわりつき出します。過去の亡霊は今や現実の姿で、彼を苦しめるのです。健三は隙間のない現実に喘いでいます。

御常が訪ねてきた時、細君は次のように言います。

「とうとう遣って来たのね、御婆さんも。今までは御爺さんだけだったのが、御婆さんと二人になったのね。これからは二人に祟られるんですよ、貴夫は」

『道草』の結末は、何とも言えない余韻を残します。

結局は、島田はまとまった金と引き換えに、健三にはこれ以上関わりを持たないという証文を書くことになり、これで一件落着となります。

ところが、漱石は『道草』を次のように締めくくります。

「まあ好かった。あの人だけはこれで片が付いて」

細君は安心したといわぬばかりの表情を見せた。

「何が片付いたって」

「でも、ああして証文を取って置けば、それで大丈夫でしょう。もう来る事も出来ないし、来たって構い付けなければそれまでじゃありませんか」

「そりゃ今までだって同じ事だよ。そうしようと思えば何時でも出来たんだから」

「だけど、ああして書いたものをこっちの手に入れて置くと大変違いますわ」

「安心するかね」

「ええ安心よ。すっかり片付いちゃったんですもの」

「まだなかなか片付きゃしないよ」

「どうして」

「片付いたのは上部だけじゃないか。だから御前は形式張った女だというんだ」

細君の顔には不審と反抗の色が見えた。

「じゃどうすれば本当に片付くんです」

「世の中に片付くなんてものは殆んどありゃしない。一遍起った事は何時までも続くのさ。

ただ色々な形に変るから他（ひと）にも自分にも解らなくなるだけの事さ」
健三の口調は吐き出すように苦々しかった。細君は黙って赤ん坊を抱き上げた。
「おお好（い）い子だ好い子だ。御父さまの仰（おっし）ゃる事は何だかちっとも分りゃしないわね」
細君はこういいいい、幾度（いくたび）か赤い頬に接吻した。

『道草』

ここでも健三と細君の精神世界は重なりを持っていません。細君は島田を厄介払いしたと、素直に喜んでいます。ところが、健三にとっては、「世の中に片付くなんてものは殆んどありゃしない」となるのです。つまり、島田の問題は片付いたとしても、同じような問題が形を変えていつまでも繰り返されるというのです。

なぜなら、それが人生というものだからです。

健三にとって何よりも不気味でたまらないものは、この世と自分との関わりの不可解さ、存在そのものの不気味さなのです。それが「帽子を被らない男」として出現し、あるいは、「ぷりぷりした」得体の知れないものとして、この世に誕生してくるのです。

それがこの世のありようなら、そうした危機は何度も形を変えて際限なく自分を苦しめる。人はそのような形でしか、この世と関わり合えないし、そこには一切の救いがない、漱石が死を目前に控えて書いた『道草』はそのような世界だったのです。

『行人』『こころ』と、漱石は互いに愛し合いながら、お互いの心が分かり合えない夫婦関係を描いてきました。『道草』の健三とその細君もお互いに相容れない世界に生きている夫婦だったと言えるでしょう。

◎ここがポイント①

明治二九（一八九六）年、漱石は二九歳の時、松山中学を辞任して、熊本の第五高等学校の講師となり、そこで中根鏡子と見合い結婚をします。翌三〇年、漱石の実父直克が死去したため、夫人とともに上京するのですが、鏡子は流産してしまいます。さらに三一年、鏡子は投身自殺を図ります。この頃漱石は鏡子のヒステリーに悩まされ続けます。

明治三二（一八九九）年、長女筆子が誕生。そして、翌三三年から漱石は二年半のイギリス留学をして、明治三六年に帰国します。

『道草』はイギリスからの帰国後、『吾輩は猫である』を書き始めるまでの出来事を描いたものです。

当然、鏡子夫人との関係が『道草』には色濃く滲み出ているのです。

魔に襲われたような気分が二、三日つづいた。健三の頭にはその間の記憶というものが殆んどない位であった。正気に帰った時、彼は平気な顔をして天井を見た。それから枕元に坐っている細君を見た。そうして急にその細君の世話になったのだという事を思い出した。しかし彼は何にもいわずにまた顔を背けてしまった。それで細君の胸には夫の心持が少しも映らなかった。

「あなたどうなすったんです」

「風邪を引いたんだって、医者がいうじゃないか」

「そりゃ解ってます」

会話はそれで途切れてしまった。細君は厭（いや）な顔をしてそれぎり部屋を出て行った。健三は手を鳴らしてまた細君を呼び戻した。

「己（おれ）がどうしたというんだい」

「どうしたって、――あなたが御病気だから、私（わたくし）だってこうして氷嚢（ひょうのう）を更（か）えたり、薬を注（つ）いだりして上げるんじゃありませんか。それをあっちへ行けの、邪魔だのって、あんまり……」

細君は後をいわずに下を向いた。

「そんな事をいった覚はない」

「そりゃ熱の高い時仰しゃった事ですから、多分覚えちゃいらっしゃらないでしょう。けれども平生からそう考えてさえいらっしゃらなければ、いくら病気だって、そんな事を仰しゃる訳がないと思いますわ」

こんな場合に健三は細君の言葉の奥に果してどの位な真実が潜んでいるだろうかと反省して見るよりも、すぐ頭の力で彼女を抑えつけたがる男であった。事実の問題を離れて、単に論理の上から行くと、細君の方がこの場合も負けであった。熱に浮かされた時、魔睡薬に酔った時、もしくは夢を見る時、人間は必ずしも自分の思っている事ばかり物語るとは限らないのだから。しかしそうした論理は決して細君の心を服するに足りなかった。

「よござんす。どうせあなたは私を下女同様に取り扱うつもりでいらっしゃるんだから。自分一人さえ好ければ構わないと思って、……」

健三は座を立った細君の後姿を腹立たしそうに見送った。彼は論理の権威で自己を偽っている事にはまるで気が付かなかった。学問の力で鍛え上げた彼の頭から見ると、この明白な論理に心底から大人しく従い得ない細君は、全くの解らずやに違なかった。

『道草』

一見、単なる意地の張り合いに過ぎないように見えるけれど、実はこれこそが人間と人間とのどうしようもないありようだと、これこそが人間の実存だと、『道草』では繰り返し描かれているのです。そして、漱石はそこに救いようのない孤独を凝視しているのです。

だから、単なる夫婦げんかの話なのに、私たちはそこに鬼気迫るものを感じるのです。


細君と口を利く次の機会が来た時、彼はこういった。

「己（おれ）は決して御前の考えているような冷刻な人間じゃない。ただ自分の有（も）っている温かい情愛を堰（せ）き止めて、外へ出られないように仕向けるから、仕方なしにそうするのだ」

「誰もそんな意地の悪い事をする人はいないじゃありませんか」

「御前はしょっちゅうしているじゃないか」

細君は恨めしそうに健三を見た。健三の論理（ロジック）はまるで細君に通じなかった。

「貴夫（あなた）の神経は近頃よっぽど変ね。どうしてもっと穏当に私（わたくし）を観察して下さらないのでしょう」

健三の心には細君の言葉に耳を傾（かたぶ）ける余裕がなかった。彼は自分に不自然な冷（ひやや）かさに対して腹立たしいほどの苦痛を感じていた。

「あなたは誰も何にもしないのに、自分一人で苦しんでいらっしゃるんだから仕方がない」

二人は互に徹底するまで話し合う事のついに出来ない男女（なんにょ）のような気がした。従って二人

とも現在の自分を改める必要を感じ得なかった。

『道草』

漱石はけっして男の論理を振りかざしているわけではないのです。男の論理に縛られて身動きできなくなった健三を、客観的に分析したうえで描いているのです。

しかも、大正時代はまだ古い価値観が支配的でした。女は黙って夫の命令に従うというのが、当然とされていた時代のことです。健三の妻はそういった意味では、まさしく新しい時代の女であり、健三はそれを理解できない封建的な男だったのです。

漱石は死を前にして、『吾輩は猫である』を執筆し始めた頃の自分を客観視し、それに敢えて批判を加えているのです。「二人は互に徹底するまで話し合う事のついに出来ない男女のような気がした。従って二人とも現在の自分を改める必要を感じ得なかった」という文章は、まさに当時の自分のありようを批判的に分析しているに他なりません。

「どうせ御産で死んでしまうんだから構やしない」
彼女は健三に聞えよがしに呟（つぶ）やいた。健三は死んじまえといいたくなった。
或晩彼はふと眼を覚まして、大きな眼を開いて天井を見詰ている細君を見た。彼女の手に

は彼が西洋から持って帰った髪剃があった。彼女が黒檀の鞘に折り込まれたその刃を真直に立てずに、ただ黒い柄だけを握っていたので、寒い光は彼の視覚を襲わずに済んだ。それでも彼はぎょっとした。半身を床の上に起して、いきなり細君の手から髪剃を捥ぎ取った。

「馬鹿な真似をするな」

こういうと同時に、彼は髪剃を投げた。髪剃は障子に嵌め込んだ硝子に中ってその一部分を摧いて向う側の縁に落ちた。細君は茫然として夢でも見ている人のように一口も物をいわなかった。

『道草』

健三と細君は、お互いに決して相容れない世界に生きてきたのです。だからこそ、衝突が際限なく起こるのです。お互いに相手を切りつけるしかなく、その結果、細君はヒステリーを起こし、健三はそれを引き受けるしかなくなります。

逃げ場のない世界で、漱石は喘いでいます。互いに理解できない人間たちの中で、それでも傷つけ合いながら関わりを持たざるを得ないのです。

「彼らはかくして円い輪の上をぐるぐる廻って歩いた。そうしていくら疲れても気が付かなかった」

実際の世の中がそのようであるわけではありません。そうではなく、漱石は世の中のありよう、人と人とのありようをそのように凝視していたのです。しかも、漱石はそれをも一つの愛の形として描き出そうとするのです。

幸にして自然は緩和剤としての歇私的里（ヒステリー）を細君に与えた。発作は都合好く二人の関係が緊張した間際に起った。健三は時々便所へ通う廊下に俯伏（うつぶせ）になって倒れている細君を抱き起して床の上まで連れて来た。真夜中に雨戸を一枚明けた縁側の端（はじ）に蹲踞（うずくま）っている彼女を、後から両手で支えて、寝室へ戻って来た経験もあった。

そんな時に限って、彼女の意識は何時でも朦朧として夢よりも分別がなかった。瞳孔が大きく開いていた。外界はただ幻影（まぼろし）のように映るらしかった。

枕辺（まくらべ）に坐って彼女の顔を見詰めている健三の眼には何時でも不安が閃（ひら）めいた。時としては不憫の念が凡（すべ）てに打ち勝った。彼は能（よ）く気の毒な細君の乱れかかった髪に櫛（くし）を入れて遣った。汗ばんだ額を濡れ手拭で拭いて遣った。たまには気を確（たしか）にするために、顔へ霧を吹き掛けたり、口移しに水を飲ませたりした。

『道草』

身動きのできない世界に、ほんの一滴、揺さぶりをかけるのが、細君の精神障害でした。細君のヒステリーの場面です。

細君はヒステリーのあまり突発的に自殺しようとしたのですが、それを描く漱石の眼差しが実に優しいのです。それが緊迫した、救いようのない場面の中で唯一の救いとなっているのではないでしょうか。

発作の今よりも劇しかった昔の様も健三の記憶を刺戟した。

或時の彼は毎夜細い紐で自分の帯と細君の帯とを繋いで寐た。紐の長さを四尺ほどにして、寐返りが充分出来るように工夫されたこの用意は、細君の抗議なしに幾晩も繰り返された。

或時の彼は細君の鳩尾へ茶碗の糸底を宛がって、力任せに押し付けた。それでも踏ん反り返ろうとする彼女の魔力をこの一点で喰い留めなければならない彼は冷たい油汗を流した。

或時の彼は不思議な言葉を彼女の口から聞かされた。

「御天道さまが来ました。五色の雲へ乗って来ました。大変よ、貴夫」

「妾の赤ん坊は死んじまった。妾の死んだ赤ん坊が来たから行かなくっちゃならない。そら其所にいるじゃありませんか。桔槹の中に。妾ちょっと行って見て来るから放して下さい」

流産してから間もない彼女は、抱き竦めにかかる健三の手を振り払って、こういいながら起き上がろうとしたのである。……

細君の発作は健三に取っての大いなる不安であった。しかし大抵の場合にはその不安の上に、より大いなる慈愛の雲が靉靆いていた。彼は心配よりも可哀想になった。弱い憐れなものの前に頭を下げて、出来得る限り機嫌を取った。細君も嬉しそうな顔をした。

『道草』

ヒステリーがこの夫婦間の衝突の緩和剤になっています。お互いにぶつかり合い、お互いに一歩も引けない中で、どうしようもなくなった時、突然細君が気を失ってしまいます。それによって、衝突はギリギリのところで回避されるのです。

そして、漱石は錯乱した細君を実に優しいタッチで描写していきます。

漱石はこういった「精神障害」「夢」を、作品の中に巧みに取り入れているのですが、それは『行人』の中で主人公の一郎に「女も気狂にして見なくっちゃ、本体は到底解らないのかな」と言わしめていることと符合します。

人の心の底には誰しも言葉では説明できない不気味なものが蠢いています。たとえ愛し合っている夫婦でも互いの心の底にあるものは理解できません。そして、私たちは通常そこから目を背けることによって、平和な日常生活を送ることが可能となっているのです。ところが、突然、それはある場面で思わぬ形で顔を出してくるから油断がならないのです。

漱石の主人公たちは私たちが捉えようとしないもの、目の前を通り過ぎてしまうものを懸命に凝視し、引きずり出し、それを私たちに提示してくれます。そして、心の底の本当のところは、「精神障害」「夢」という形を取らなければ、なかなか表には出てこないとも言えるのです。

そこに漱石文学を読み解く一つの鍵がありそうです。

◎ここがポイント②

健三にとって、過去の亡霊の出現は、自己の存在そのものの危うさにつながっていきます。

どうして相容れない人間同士が、離れることもできないで傷つけ合って生きているのか、それはどれも自分自身の意思で選び取ったものではありませんし、それらを自ら断ち切ることもできないのです。

健三が幼い時に島田夫婦に育てられたのも、また再び実家に戻され、愛のない両親の元で生活したのも、すべて自ら選んだことではなかったのです。

さらに自らの意思とは関係なく、島田夫婦をはじめ、立ち消えたはずの人間たちが次々と目の前に現れます。

ある時、細君の出産が突然始まり、産婆が間に合わず、健三自身の手で赤ちゃんを取りあげなければならない事態に陥ります。

> 彼は狼狽(ろうばい)した。けれども洋燈(ランプ)を移して其所(そこ)を輝(てら)すのは、男子の見るべからざるものを強いて見るような心持がして気が引けた。彼はやむをえず暗中に摸索した。彼の右手は忽(たちま)ち一種異様の触覚をもって、今まで経験した事のない或物に触れた。その或物は寒天のようにぷりぷりしていた。そうして輪廓からいっても恰好の判然しない何かの塊に過ぎなかった。彼は気味の悪い感じを彼の全身に伝えるこの塊を軽く指頭で撫でて見た。塊りは動きもしなければ泣きもしなかった。ただ撫でるたんびにぷりぷりした寒天のようなものが剝げ落ちるように思えた。もし強く抑えたり持ったりすれば、全体がきっと崩れてしまうに違ないと彼は考えた。彼は恐ろしくなって急に手を引込(ひっこ)めた。
>
> 『道草』

自分の愛する子供が生まれた場面ですが、健三にとってその赤ちゃんは「寒天のようにぷりぷり」したものであり、「気味の悪い」「何かの塊」に過ぎなかったのです。
まさに愛情のかけらもない表現ですが、健三にとって自分の存在すら危ういものなのに、そうした自分から新しい命が誕生すること自体が恐怖だったのかも知れません。まさに得体の知れないものが今眼前に現れ、健三はそれをどう受け止めていいのか、解らなかったのでしょう。

田舎で生まれた長女は肌理の濃やかな美くしい子であった。健三はよくその子を乳母車に乗せて町の中を後から押して歩いた。時によると、天使のように安らかな眠に落ちた顔を眺めながら宅へ帰って来た。しかし当にならないのは想像の未来であった。健三が外国から帰った時、人に伴れられて彼を新橋に迎えたこの娘は、久しぶりに父の顔を見て、もっと好い御父さまかと思ったと傍のものに語った如く、彼女自身の容貌もしばらく見ないうちに悪い方に変化していた。彼女の顔は段々丈が詰って来た。輪廓に角が立った。健三はこの娘の容貌の中にいつか成長しつつある自分の相好の悪い所を明らかに認めなければならなかった。

次女は年が年中腫物（できもの）だらけの頭をしていた。風通しが悪いからだろうというのが本（もと）で、とうとう髪の毛をじょぎじょぎに剪（き）ってしまった。顋（あご）の短かい眼の大きなその子は、海坊主の化物のような風をして、其所（そこ）いらをうろうろしていた。

三番目の子だけが器量好く育とうとは親の慾目にも思えなかった。

「ああいうものが続々生れて来て、必竟（ひっきょう）どうするんだろう」

彼は親らしくもない感想を起した。その中には、子供ばかりではない、こういう自分や自分の細君なども、必竟どうするんだろうという意味も朧気（おぼろげ）に交っていた。

『道草』


健三は自分の生まれてきた子供に対して、「ああいうものが続々生れて来て、必竟どうするんだろう」と、まったく愛情のない呟きをしています。

得体の知れないものに対する怯えは、何も自分の子供に対してだけでなく、自分や奥さんにまで向かっているのです。健三にとってすべてが得体の知れないものばかりであり、わけの解らないまま安穏と生きていくことはできません。

人通りの少ない町を歩いている間、彼は自分の事ばかり考えた。

「御前は必竟何をしに世の中に生れて来たのだ」

彼の頭のどこかでこういう質問を彼に掛けるものがあった。彼はそれに答えたくなかった。なるべく返事を避けようとした。するとその声がなお彼を追窮し始めた。何遍でも同じ事を繰り返してやめなかった。彼は最後に叫んだ。

「分らない」

その声は忽ちせせら笑った。

「分らないのじゃあるまい。分っていても、其所へ行けないのだろう。途中で引懸っているのだろう」

「己のせいじゃない。己のせいじゃない」

健三は逃げるようにずんずん歩いた。


『道草』


「御前は必竟何をしに世の中に生れて来たのだ」という問いかけは、決して答えようのないものです。それはまさに人間の存在の根源に関わる問いだったのですから。

健三が幼い時、島田夫婦から、「御前の御父ッさんは誰だい」「御前はどこで生れたの」と執拗に繰り返された問いかけとつながります。そして、健三はまたこのようにも言うのです。

「分らないのじゃあるまい。分っていても、其所へ行けないのだろう」と。

健三はどうしようもない人間関係の中で喘ぎながら、何者かに突き動かされるように、懸命に自分の存在の根源にあるものを垣間見ようとします。

それらは生まれたての赤ん坊のように、得体の知れない感触でもって健三を脅かします。

そこに、健三の、いや、漱石自身の「不機嫌」の根本的原因があったのです。

健三の心は紙屑を丸めたようにくしゃくしゃした。時によると肝癪の電流を何かの機会に応じて外へ洩らさなければ苦しくって居堪まれなくなった。彼は子供が母に強請って買ってもらった草花の鉢などを、無意味に縁側から下へ蹴飛ばして見たりした。赤ちゃけた素焼の鉢が彼の思い通りにがらがらと破るのさえ彼には多少の満足になった。けれども残酷たらしく摧かれたその花と茎の憐れな姿を見るや否や、彼はすぐまた一種の果敢ない気分に打ち勝たれた。何にも知らない我子の、嬉しがっている美しい慰みを、無慈悲に破壊したのは、彼らの父であるという自覚は、なおさら彼を悲しくした。彼は半ば自分の行為を悔いた。しかしその子供の前にわが非を自白する事は敢てし得なかった。

「己の責任じゃない。必竟こんな気違じみた真似を己にさせるものは誰だ。そいつが悪いんだ」

彼の腹の底には何時でもこういう弁解が潜んでいた。『道草』

漱石が死ぬ直前に、ロンドンから帰国後の自分自身を、あるいは、自分の狂気をこれほどまでにあからさまに描ききったことは、私に畏怖（いふ）すら感じさせます。まさに漱石が『道草』で描こうとしたのは、健三の細君や彼から金を奪い取りに来る養父母、肉親たちではなく、そうした人の世のありよう、さらには「御前は必竟何をしに世の中に生れて来たのだ」という根源的な問いかけだったのではないでしょうか。

『道草』の末尾は島田に証文を書かせることによって一件落着となったのですが、「世の中に片付くなんてものは殆んどありゃしない。一遍起った事は何時までも続くのさ」といった健三のセリフによって、健三の危機が今後も繰り返されることを暗示しています。

それは世の中がそのように成り立っているからに他ならないからなのです。

おわりに

今、時代が漱石を求めている。

情報化社会だという。パソコンやスマホを通して、世界中の情報が瞬時に入ってくる。だが、今ほど本当に必要な情報が見えにくい時代はないのではないか。

たとえば、通販のアマゾンで本を購入すると、その履歴からその人が関心を抱きそうな本がアマゾンに接続するたびに紹介されてくる。実際に書店に足を運ばない限り、似たようなジャンルの本の情報ばかりが送られてきて、それ以外の本が視界に入らなくなる。

SNSでも似たような考えの人たちがネット上で集団を作り、そこでの情報と他の集団での情報とはまったく異なり、仲間うちの情報以外の情報が入りにくくなる。私たちは自分が求める情報だけに取り囲まれ、それを絶対と信じ込みがちになる。

右寄りの人は右寄りの本ばかり読み、やはり自分の考えは正しかったと確信を持つ。左寄りの人も事情は同じで、そのため、本を読めば読むほど視野が狭くなり、頑固になる。

これは非常に危機的な状況ではないか。

その結果、真に教養ある人がどんどん世の中から姿を消しているのである。

私たちは主観的な自分からなかなか自由になれないでいる。

だから、どんな文学作品を読んでも、結局は自分の主観で無意識のうちに再解釈してしまう。これでは、文学作品を読むことは、単に自分と自分との対話に過ぎなくなる。

本書はそういった主観的な読み方から、読者諸氏を解き放つことが狙いである。もっと俯瞰的な捉え方、あるいは、もっと別の視点から、漱石が本当に言わんとするところを読み取ることができるのではないか、と。

そのためにはいったん主観的な自分をカッコに括らなければならない。その結果、漱石を読むことは、作者漱石と自分との対話となり、自分の世界をより深め、広げることができるようになる。真の教養はそういった過程の中で次第に身につくものである。

ただし条件がある。それには、大きな作家と向き合うことである。

漱石がその条件を十二分に満たしていることは、今さら言うまでもない。

出口　汪

本作品中の引用文には、今日の観点からみると差別的表現ととられかねない箇所が散見されますが、著者自身に差別的意図はなく、作品自体のもつ文学性、ならびに芸術性、また著者がすでに故人であるという事情に鑑み、原文どおりとしました。

編集部

出口 汪

1955年、東京生まれ。「大本」教祖・出口王仁三郎を曾祖父にもつ。日本の近代文学を専門とし、独自の論理的解法を駆使した現代文の授業でたちまち予備校のカリスマ講師となる。能力開発のための画期的な「論理エンジン」を開発、数多くの中学・高校に正式採用されている。『はじめての論理国語』シリーズなど数十点のベストセラー参考書を執筆、累計部数は1200万部を超えている。広島女学院大学客員教授、論理文章能力検定評議員、出版社「水王舎」代表取締役。小説に『水月』(講談社)がある。

講談社+α新書 778-1 C

知っているようで知らない夏目漱石

出口 汪

2017年10月19日第1刷発行

発行者──── 鈴木 哲

発行所──── 株式会社 講談社

東京都文京区音羽2-12-21 〒112-8001

電話 編集(03)5395-3522

販売(03)5395-4415

業務(03)5395-3615

デザイン──── 鈴木成一デザイン室

カバー印刷──── 共同印刷株式会社

印刷──── 慶昌堂印刷株式会社

製本──── 株式会社若林製本工場

ISBN978-4-06-291507-6